길에서 만난 한국사 1
-국내편-

길에서 만난 한국사1 - 국내편

초판인쇄 2024년 10월 18일
초판발행 2024년 10월 18일

지은이 이지선
펴낸이 이해경
펴낸곳 (주)문화앤피플뉴스
등록번호 제2024-000036호
주소 서울 중구 충무로2길 16, 4층 403호 (충무로4가, 동영빌딩)
대표전화 02)3295-3335
팩스 02)3295-3336
이메일 cnpnews@naver.com
홈페이지 cnpnews.co.kr

정 가   15,000원
ISBN 979-11-987713-8-4

이지선 여행기

길에서 만난 한국사 1

- 국내편 -

문화앤피플

작가의 말

그동안 해외 여행기 3권을 출간하면서
나를 돌아보는 시간을 가졌습니다.
어쩌면 나의 삶도
이 지구를 여행하러 온 여행자이지 않을까?
이 여행에서 무엇을 보았고
무엇을 체험하고
무엇을 배웠는가?
그 비용과 시간과 열정들이
나와 이웃과 이 사회에 또한 이 지구에
어떤 의미였을까?

이번 국내여행기는 세계여행기와는 다른
나의 모습의 보았습니다.

티베트에 가는 여행가방을 준비하면서
지구를 떠나는 여행을 가게 되었을 때도
이처럼 설렌다면 멋진 삶이었다고
자축해 줄 것 같습니다.

감사합니다.

2024년 10월 이지선

길에서 만난 한국사 1
-국내편

CONTENTS

1 추억을 만나다

1. 신혼여행지 온양에 가다

늦은 일요일 밤 딸이 전화했다.

"엄마! 내가 이삼일 시간이 있는데 같이 나들이할까요? 시간 돼요?"

없던 시간도 만들어야 하는 기회를 놓칠 수 없는 일이다. 일찍 결혼한 딸과는 오붓하게 둘만의 시간을 갖기가 어려웠다. 비는 주룩주룩 오는데 계획도 없이 달랑 배낭만 메고 집을 나섰다. 어디를 갈지 의론하다가 전철이 공짜인 온양에 가기로 했다.

수원에 내렸다. 가격 대비 좋았다고 딸이 추천한 역 근처 음식점에서 점심을 먹고 전철을 탔다. 비가 오는 월요일이라 어르신들이 많이 타지 않았다. 평일 같으면 어르신으로 전철 안은 바글거린다. 시간 약속도 목적도 기다리는 사람도 계획도 없는 일정은 사막에서 두리번거리는 느낌이다. 월요일이라 이름 있는 관광지는 휴관이다. 막상 갈 곳은 제한적이다.

딸과 온양을 찾은 건 이곳이 나의 신혼 여행지여서다. 70년대에 주목받던 신혼여행지는 그 위상을 다 내려놓고 노인들의 나들이 장소로 변해있다. 시부모님의 집은 화성이다. 수원에서 결혼식을 해야 부조금 내는 손님이 많이 온다는 계산으로 수원 예식장에서 결혼식을 했다. 서울에서 직장을 다니던 남편과 나는 택시를 타고 수원으로 내려가야 했다.

말단 공무원에 동생들을 데리고 있던 남편은 택시비도 낼 형편이 아니었다. 내게 줄 수 있는 건 심장 하나뿐이라는 삼류 신파조의 말을 뿌리칠 수 없었다. 친정 부모님의 결혼 반대를 무릅쓰고 강행한 결혼식은 나 혼자 준비하고 치러야 했다. 억지로 참석한 부모님과 서울에 사는 친척 몇 분만 참석했다. 친구는 아무도 초대하지 못했다. 남편의 말은 정말이었다. 달랑 심장 하나만 내게 주었다.

온양은 당시에는 화려한 곳이었다. 신혼 가방을 들고 도착한 온양역에는 손님을 붙잡는 호객

꾼이 많았다. 그들을 다 물리치고 찾아간 곳은 둑 옆에 있는 누추한 여인숙이다. 남편은 돈이 한 푼도 없었기에 내가 준비한 돈으로 신혼여행에 따라온 것이다. 남편은 권투 중계를 보러 주인집 방에 가고 피곤한 나는 쓰러져 잠들었던 게 나의 첫날밤 기억이다. 밥값은 왜 그리 비싸던지. 여기저기 기웃거리며 가격표를 보다가 결국 빵으로 끼니를 때웠다. 지금 생각하니 궁상스럽지만, 당시는 그런 생각도 들지 않았다. 그래도 현충사와 주변을 열심히 돌아다니며 폼을 잡고 사진은 많이 찍어댔다.

남편이 가진 건 동생들과 친구뿐이었다. 고등학교 다니는 시동생과 같이 살아야 했다. 찾아오는 친구들을 집에서 대접해야 했다. 3개월 만에 남편의 결혼반지를 팔았다.

3돈짜리 금반지를 9,700원에 팔았다. 빚 갚고 남은 돈 2,700원으로 결혼반지 판 기념이라며 대성리에 놀러 갔던 철없던 시절. 그러나 추억과 사진은 남아 지금도 나를 웃음 짓게 한다.

2. 심장 하나 붙들고 살아내던 시절

저수지 물가에서 늘어진 소나무를 배경으로 찍은 사진이 그중 걸작이었다. 확대해서 지금도 방에 걸려있는 사진은 내가 가장 아끼는 사진이다. 그 장

소를 찾아가고 싶었다. 수소문해 짐작한 것은 신정호수다. 택시를 타고 기사한테 물으니, 신정호수가 맞았다. 두 시간 가까이 딸과 호수 주변을 돌았다. 산책하기 좋게끔 잘 다듬어져 있다.

어렴풋한 기억으로 찾은 소나무는 호수 가에 가지를 뻗고 있다. 우아한 모습으로 음식점 중심에 있었다. 반가웠다. 남편과 진즉 찾아올걸. 열심히 심장을 주고자 했던 남편이 그리웠다. 받은 건 심장뿐이었는데 그 심장이 멎어버린 것이다.

우산을 쓰고 오가는 사람도 없는 호수 산책길을 딸과 거닐고 있는 이 시간은 무엇과도 바꾸고 싶지 않은 소중함이다. 딸이 나이

들어가면서 친구가 되어간다. 각자의 남편을 맛있게 꼭꼭 씹어도 서로가 공감하며 흉이 안 되는 사이.

"그래도 엄마 남편보다 내 남편이 나아."

이런 얘기를 듣고 말해도 기분 나쁘지 않은 사이.

"나를 잘 키워주어 고마워"

이 한마디에 그동안의 수고가 다 사그라지는 사이가 참 좋다. 돌아오는 길은 버스정류장에서 한참 동안 기다려도 버스가 오지 않는다. 검색해 보니 하루에 4번만 운행이 된다니 내친김에 걸어가기로 했다.

온양은 옛날부터 온천으로 명성을 얻어 널리 알려진 곳이다. 온양군이 따로 있는 줄 알았다. 알고 보니 1995년 아산시에 편입되면서 온양동이 되었다. 아산은 여러 군데 큰 온천장이 많이 있다. 관광 시대에 지역의 브랜드도 주요한 상품이다. 역 주변이 가장 번화가라서 밤거리를 어슬렁거렸다. 저녁을 먹기 위해서다. 딸이 가장 맛있는 것을 먹자고 해서 주변을 돌아다니다 청국장 간판이 유별나게 눈에 띄는 곳에 들어갔다. '대통령이 다녀간 집'이라는 커

다란 글씨가 보인다. 문 대통령이 다정하게 주인 여자 손을 잡고 그분 특유의 친화력으로 웃고 있는 사진이다. 아마 선거유세 때 이곳에서 식사한 것일 거다. 딸이 핸드폰으로 호텔을 예약했다. 가격에 따라 서비스가 달라지는 현실에서 돈의 위력을 느낀다. 철들자, 망령 난다고 이제야 철이 들어 돈을 붙잡고 싶어도 돈이 나를 보고 줄행랑을 친다. 돈도 젊고 생생한 젊은이들이 좋은 것이다.

남편과 신혼여행을 왔던 이곳에 딸과 다시 찾은 지금 만감이 교차한다. 가장 싼 여인숙을 찾으러 여기저기 돌아다니며 빵으로 끼니를 때웠던 추억. 가장 좋은 호텔에 가장 맛있는 음식점을 찾으러 다니는 지금은 그래도 많이 발전한 삶일까. 나의 어두웠던 추억을 보상해 주려고 딸이 일부러 과용한 것임을 알고 있지만 모른 척한다.

3. 국립중앙박물관에서

그동안 가뭄이 심해 비를 목말라 기다렸는데 이제는 비가 너무 와 전국에 피해가 많다. 하늘도 자연도 우리네의 삶도 적당히 균형을 맞추기가 어려운 것이다. 느긋하게 아침에 일어나 어디를 갈까 의논했다. 딸은 내친김에 전라도에 가자고 했지만, 그쪽에 비 피해가 많고 억수로 비가 내린다니 가까운 곳으로 가기로 했다. 서울 가는 전철을 탔다. 용산역까지 무려 두 시간이 걸리지만 시간제한 없어 느긋하다. 이촌동에 있는 국립중앙박물관에 갔다. 우리나라

박물관을 관람할 때마다 느끼는 것은 참 소박하다는 것이다. 조상들의 많은 유물을 후손들이 지키지 못해 남의 나라에 빼앗기고 아직도 찾아오지 못하는 못난이 짓을 하는가 하면, 있던 것도 관리를 제대로 못 하는 형편이다. 영국이나 프랑스 박물관을 보면 분통이 터진다. 자기들의 유물보다 빼앗아 온 남의 나라 유물을 자기들의 보물로 진열해 놓고 있다. 돌려달라는 항의에 너희는 보관할 능력이 없으니, 우리가 지켜주는 게 당연하다는 식이다.

2005년에 이촌동으로 이전하면서 중앙박물관의 위상을 높이긴 했지만 자리를 잡기까지 우여곡절도 많았다. 이곳에서 문화 강좌와 교육도 열어 자주 왔었다. 개장했을 때 전국에서 견학하러 온 학생들과 관람객들로 입장도 못 하고 지쳐버렸던 기억이 난다.

불교 유적이 많다. 부처님·보살님들의 표정과 동작, 옷매무새를 관찰하는 재미도 있다. 부처님을 표현하는데도 국가에 따라 지방에 따라 다르다. 소승불교와 대승

불교에 따라 또 다르다. 부처나 보살상은 우리나라 작품이 아름답다. 표정과 손동작, 하늘하늘 늘어지는 옷차림도 우리 선조의 솜씨가 탁월하다. 특히나 보살상의 우아하고 따뜻한 미소는 사람의 고뇌를 다 녹여주는 느낌이다. 잊지 못하는 미소가 있다. 법정 스님이 그 미소를 보러 보름 동안을 찾아갔다는 인도 간다라 부처상의 미소다. 또 하나는 절 기둥으로 쓰려고 돌에 새긴 월정사에서 본 보살의 미소. 담도암 투병으로 남편이 힘들었을 때 그 미소를 찾아갔다. 어느 절의 기둥이 되었는지 찾을 수 없었다. 절을 방문할 때마다 혹시나 하고 둘러보게 된다. 그 미소에서 나의 아픈 영혼이 치유 받는 느낌이 들었다. 그 미소를 찾아 전국의 절 기둥을 헤아리며 다닐지 모른다는 예감이 든다. 우리나라 도자기는 중국이나 일본에 비해 담백하고 청초하다. 오래 보아도 질리지 않고 편안해진다. 작품 속에 조상의 인품이 보인다.

4. 종교의 뜻은 비슷하다

배를 타고 극락을 가는 불교 그림은 종교에 대해 생각하게 했다. 불교나 기독교나 죽어서 더 좋은 곳에 가려는 희망과 믿음은 비슷하다. 물을 건너간다는 것도 그렇다. 물은 생명의 근원이다. 요단강 건너서 천국을 간다거나, 배를 타고 극락을 간다는 깊은 의식 속에는 공통점이 있는 것 같다. 가장 편안하고 안전한 태중에 있던 그곳으로 다시 돌아가고 싶은 무의식적 본능이지 않을까 생각해 본다.

 신석기 시대의 도구는 주변에 흔히 볼 수 있는 날카로운 돌들이라서 특별해 보이지 않는다. 우리나라에 오래전부터 사람이 살았다는 증거가 발굴될수록 연대가 올라간다.

 개인이나 기업체에서 보관해 온 유물의 기획전시도 있다. 기증자들의 이름을 적은 전시실에는 비싼 가보와 평생을 거금 들여 사들인 보물들이 있다. 기꺼이 기증한 사람이 존경스럽다. 자식에게 물려줘봤자 싸움의 원인이 되기도 하고 이처럼 잘 관리할 수도 없을 것이다. 일본이 훔쳐 간 문화재를, 거액을 주고 사서 기증한 사람의 거룩한 뜻이 있어 이나마 중앙박물관이 풍성해지지 않았을까.

 계획은 혜화동 대학로에 가서 연극을 보고 상록수역 근처에 괜찮은 모텔에서 자고 과천대공원을 산책하기로 했다. 밤 8시에 예약한 연극 공연이 끝나면 상록수까지 가기가 어렵고 피곤할 것 같

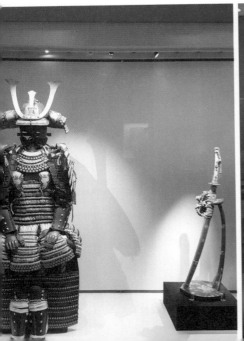

청동 투구
靑銅 冑
그리스, 기원전 6세기
보물 904호

다. 비는 줄기차게 내린다. 전철을 타고 대학로에 갔다. 남편이 암투병 중이었을 때 딸과 함께 대학로 거리를 걸었다. 얼마 남지 않은 아빠의 시간을 즐겁게 해 주기 위한 딸의 배려다. 젊음이 활기찬 모습을 보며 생기를 바랐을 것이다. 맛있는 음식을 먹고 젊은이들이 발랄하게 춤추는 연극을 같이 보았다. 돌아가시면 해드리지 못한 것에 후회하지 말자며 열심히 챙겼던 딸이다. 그 장소에 다시 와보니 마음이 울컥했다.

　음식점은 길 정면보다 뒷골목에 많다. 어릴 때 내가 해주던 닭볶음탕이 맛있었다며 닭 한 마리 시켜 열심히 먹었다. 계획을 변경했다. 혜화동엔 좋은 모텔이 없지만, 하룻밤 자고 이곳을 돌아보는 걸로 정했다.

5. 연극을 보다 눈물이 났다

　죽음을 맞이할 때 가장 후회하는 것은 일을 조금 덜 하고 여행을 많이 하며 좀 더 즐길 걸 하는 것이라 한다. 너무 열심히 일하는 한국 사람의 전형적인 후회일 것이다. 돈을 쓰는 것 중에 가장 보람 있고 가치 있게 쓰는 것은 경험을 사는 일이다.

　딸은 평일 밤 공연을 보기가 어려웠다며 대학로 소극장에서 공연하는 연극 '뷰티플 라이프'을 예매했다. 내 취향에 맞는 연극이라고 선택한 것이다. 평일인데도 젊은이들이 많다. 연극배우 둘이 여러 명의 역할을 연기해 변화된 모습을 보는 재미도 있다. 황혼의

15

부부가 과거의 삶을 되돌아보는 과정이다. 열정적인 연애 과정과 결혼하여 냉전과 같은 무관심한 삶과 갈등. 역경에서 부부로 끈끈한 정을 쌓아가며 어려운 시기를 극복하는 과정이 감동적이다. 죽음을 준비하면서 혼자 남아 있는 소경이 된 아내를 위해 자상하게 준비하는 남편의 애정에 눈물이 난다. 내가 혼자 살아갈 수 있도록 준비시켜 주고 먼저 떠난 남편이 생각났다. 젊은이들보다 어르신들이 많이 봐야 하는 연극이다. 어르신 시대와 풍경들이 젊은이들에게는 웃기는 장면이지만 우리 시대는 현실이고 겪은 일이라서 공감이 갔다. 가슴에 훈훈한 감동이 남아 있는 행복한 밤이다. 부부로 묶이면 왜 그리 싸울 일이 많은지. 되돌아보면 기억도 안 나는 일들이다. 다시 시작한다면 정말 멋지게 살아볼 것 같은데. 젊을 때는 몰랐다. 삶의 모든 것은 많은 수업료를 주고 배워야 하는 것을. 사랑한다는 말을 자주 해줄걸. 칭찬도 자주 해 주고, 억지로라도 애교도 부려볼걸. 이렇게 세월이 태풍보다 빨리 갈 줄은 정말 몰랐다. 항상 그대로일 줄 알았다. 언제고 불현듯 헤어질 줄을 좀 더 일찍 알았더라면 하는 아쉬움이 많이 남는다.

예전에 서울대가 이곳에 있을 당시 대학생들의 아지트였다는 학전다방에 갔다. 밤 열 시가 되어서다. 80년도에나 있을 의자에 앉았다. 따끈한 생강차를 주문했다. 화려한 커피숍이 늘비한 대학가에 이런 다방이 살아 있다는 게 이상할 일이다. 건물도 구닥다리고 학전다방이라는 이름도 촌스럽다.

그런데도 항상 만원이다. 언젠가 일부러 찾아왔을 때는 대기자가 많아 그냥 갔었다. 대학생들이 독재에 맞서 반정부 시위를 맹렬하게 하던 당시에 여기서 모여 모의도 하고 젊은이들의 만남과 데이트 장소였다고 한다. 그 추억들을 기리며 찾아오는 평생 단골도 있

고, 구경하러 오는 젊은이들도 많다. 깔끔하고 세련된 분위기가 아니라 헌 레코드판에서 옛날 노래가 나오고 낡은 의자와 때 묻은 소파, 비좁은 공간, 조금은 지저분한 것들이 사람을 편하게 한다.

6. 창경원이 창경궁이 되다

예약한 모텔은 혜화동 뒷골목이다. 오래된 도심이라 신도시보다 어수선하다. 서울에서 모텔에 자보기는 처음이다. 택시 타고라도

집에 가서 자고 말지 서울 모텔에 잔다는 생경한 느낌이라 딸하고 호탕하게 웃었다. 내 기분 전환을 시켜주겠다고 저녁에 술 한잔할 수 있는 호프집을 찾았다. 늦은 시간이고 비가 와서인지 마땅한 데가 없다. 작은 창을 열어보니 촘촘히 별이 떴다. 산비탈 집들이 어두운 밤에는 아름다운 야경으로 보인다. 홍콩의 야경이 아름답다는 이유도 그럴 것이다. 밤에 보이는 것은 믿을 게 못 된다.

모텔을 나서니 창경궁이라는 관광 안내판이 보인다. 창경원 때 가보고 창경궁으로 이름이 바뀐 이후에는 가보지 않아 궁금하기도 했다. 남편과의 첫 데이트를 벚꽃이 피던 4월에 창경원에서 했다. 처음 만난 남자는 믿을 수도 없고 영 마음에 들지도 않았다. 데이트에 응한 건 아무런 연고 없이 서울에서 직장에 다니던 나의 외로움 때문이었을 게다. 나의 불안을 감지했는지 그는 나와 동갑인 시누이를 데리고 나왔다. 그이는 시누이와 내게 솜사탕을 사주었다.

창경궁의 위상을 떨어뜨리고 우리나라 민족혼을 말살하기 위해 일본인들이 동물원으로 개조해 관광지로 만들어 버렸다. 시골에서 올라오는 사람들의 필수 관광코스가 되었고 데이트 장소였다. 1984년에 동물원을 과천으로 이전하고 다시 창경궁으로 복원시킨 것이다. 창경원은 애들 있는 집에서는 놀이와 나들이하던 장소라 사람들로 가득가득 넘쳐났다. 장사꾼들도 많았다.

원상 복원이 된 창경궁은 동물들이 있던 곳을 막아 붉은 황토로

칠했다. 세종이 태종을 모시기 위해 지은 궁이다. 그러나 왕이 살지는 않았고 주로 왕비나 궁녀들이 살았다. 많은 전쟁을 치르면서 소실되고 개축하고 수리하고 증축하면서 오늘에 이른다. 다른 궁에 비해 수난이 많았다.

비 오는 날이라 사람이 없어 호젓하니 산책하기 좋다. 나무들이 우람하게 자라 그야말로 산림욕장 같다. 물기를 머금은 나뭇잎과 요란하지 않은 새소리, 잘 다듬어진 산책길. 무거운 배낭은 보관함에 넣고 가볍게 걸었다. 여기가 서울의 도심이라는 생각이 들지 않는다. 마음에 끈적거리게 남아있던 것들이 사르르 녹아내려 텅 비어가는 느낌이다.

7. 비원에서 수학여행을 추억한다

창경궁을 돌아가면 창덕궁과 연결된다. 후원이 보고 싶어 신청했다. 작년 봄에 모임에서 왔었다. 단풍이 예쁠 것 같아 가을에 오고 싶었는데 오지 못했다. 인원수가 제한되어 있어 예약해야 해서 차일피일 못 온 것이다. 문화의 날엔 다른 고궁은 입장료가 무료인데 후원은 입장료를 받는다. 비싼 편이다. 미리 입장권을 사고 점심을 먹기로 했다. 주변은 오래된 건물을 부수고 새 건물을 짓느라 여기저기 어수선하다. 옛날 건물들이라 차가 들어가기 어려운 골목은 불이 나면 어떡하나 걱정이 된다. 이사하거나 집수리하려면 비용이 많이 들 것 같다. 유적지 근처에서 살면 많은 불편을 감수해야 한다. 괜찮은 음식점은 대부분 12시가 되어야 문을 연다. 아침도 안 먹은 우리는 조금 일찍 점심을 먹어야 후원 입장을 할 수 있다. 골목골목을 다니다 깔끔해 보이는 중국집에 들어갔다. 3종류의 음식을 시켰다. 가족들이 중국집에 가면 습관처럼 그렇게 주문한다.

초등학교 6학년 때 서울로 수학여행을 왔다. 서울 구경도 못 해보고 죽는 사람도 많았던 시절이다. 면에 있는 시골 학교에서 서울로의 수학여행은, 지금으로 치면 미국으로 수학여행을 가는 만큼의 혁명적인 시도였다. 총각 담임선생은 신청자가 없자 가정 방문을 나서 부모를 설득했다. 전혀 보내줄 의향이 없으신 아버지는 선생님의 행차가 송구스러워 겨우 허락하셨다. 그러나 당장은 돈이 없다고 하셨다. 선생님은 가을에 쌀 한 말을 받기로 했다. 외상 수학여행을 간 것이다. 그 비용은 선생님의 월급에서 했는지 빚을 얻었는지 생각할 겨를이 없었다. 서울에 간다는 사실이 너무 기뻤다. 촌 학생들이 서울에 간다고 운동화를 사 신었는데 나는 사달라고 할 엄두가 나지 않았다. 나 혼자만 까만 고무신을 신었다. 까만 고무신이 내 기억에 오래 남은 건. 창피함이었다. 내가 혼자 좋아하던 남자애가 내 고무신을 보지 않기를 간절히 바랐던 기억이다. 산과 들, 논만 보고 자란 우리에게 서울 풍경은 그야말로 문화의 쇼크였다. 전차, 높은 건물, 많은 사람들. 거기다 젊은이들이 팔짱을 끼고 다니는 꼴이 너무 불경스러워 나는 서울에서는 살지 않겠다고 결심했다. 서울 사람들은 다 부자로 잘살 거로 생각했다. 코흘리개 어린이에게 물건을 팔려고 노점에 쪼그리고 앉아 있는 할머니의 모습도 충격이었다.

수학여행 코스에 비원이 있었다. 어린 시절에 본 비원은 내 추억 속에 비밀의 정원으로 남아 있다. 다시 가볼 여유가 생겼을 때는 자연을 되살리느라 오랫동안 개방하지 않았다.

8. 후원– 유네스코에 오른 세계 3대 정원

　비원을 후원으로 개명했다. 개인 입장은 허락이 안 된다. 신청한 사람들은 문화해설사와 함께 모여 단체로 입장할 수 있다. 시간마다 영어와 중국어로 팀이 다르다. 외국인들을 위한 배려다. 다행히 큰비가 조금 쉬고 있다.

　후원은 유네스코에 오른 3대 정원 중에 하나다. 여러 왕궁에 딸린 정원을 본 적이 있다. 일본 정원은 인위적으로 만든 진열장 안에 있는 것 같았다. 프랑스의 베르사유 궁전은 너무 규격화되고 정돈되어 정감이 가지 않는다. 중국의 자금성은 나무 한 그루 없다. 백성들을 괴롭힌 왕을 죽이려는 자객을 막기 위해서다. 우리나라 정원은 자연의 형태와 조화를 이루어 만들었다. 처음엔 어수선한 느낌이지만 갈수록 정감이 가고 편안하다. 우선 돈이 덜 든다. 자연과 더불어 살아가려는 조상들의 지혜가 돋보인다. 우리나라 궁전들이 때로는 초라하게 보인다. 그러기에 세계사에 드물게 한 왕조가 500년을 유지할 수 있었다. 지금 화려하기로 유명한 외국의 궁전들은 그것을 짓느라 백성들을 괴롭혀 그 왕조의 수명이 오래가지 못했다. 집안 살림도 그러하지 않은가. 분수 이상으로 큰 집을 짓다가 거덜 난 사람들을 본다. 사람보다는 집이 작아야 사람의 기운이 차서 재물도 정신도 안정이 된다고 한다. 우리 정원은 가장 자연에 가까운 정원이다. 사람의 손이 가지 않아도 스스로가 자생

하는 친환경 경제적인 정원이다.

처음 만나는 부용지는 연꽃이 아름답다. 정조대왕이 음악 연주를 들으며 낚시를 즐긴 곳이다. 고기를 낚지 못한 신하들은 섬으로 유배를 보냈다는데 연못 안에는 몇 그루의 소나무가 있는 아주 작은 섬이 있다. 낭만적이다. 연못 위쪽은 나라의 중요한 문서를 보관하던 규장각이 있다.

그 옆에는 넓은 공간에 운치 있는 나무들로 둘러싸인 탁 트인 곳이 보인다. 춘장대다. 과거시험을 보던 장소다. 옛사람들은 감성이 풍요로웠던 것 같다. 이곳에서의 과거시험은 상례적인 것이 아니라 특별한 일이 있을 때 축제 행사처럼 치렀던 곳이다. 왕자가 태어났다든지 나라에 경사스러운 일이 있을 때다. 속설에 의하면 춘

향전에 나오는 이몽룡도 여기 출신이라나.

후원은 왕들의 휴식처이고 왕비나 왕자들이 스트레스를 푸는 장소다. 한곳에 갇혀 지내야 하는 궁전은 큰 감옥인 셈이다. 왕은 여러 이름으로 정자를 짓고 의미 있는 이름을 붙였다. 그중에 많은

곳이 소실되고 없어졌다. 일제하에 관리 부실도 있을 거다. 그래도 정조대왕의 손길이 많이 남아있다. 정조대왕 시절이 조선시대의 전성기 때이고 왕권을 확립하기 위한 정책적인 지원도 많이 했을 것이다.

　창경궁과 창덕궁이 통째로 하나였던 것을 일제가 담을 쌓아 분리하고 창경궁을 동물원으로 만들어 버렸던 흔적이 그대로 남아있다. 지금도 들어가는 문이 각각이지만 연결이 되어있다.

9. 지혜로운 조상

　후원은 봄여름 가을 겨울에 따라 다양한 행사가 있다. 봄에 왔을 때는 왕이 직접 모를 냈다는 곳에 들렀다. 여름엔 더워서 관광코스를 줄인다. 들어갈 때는 단체로 들어가지만 나올 때는 알아서 나오면 된다. 가을에는 단풍이 예쁘다. 눈이 쌓인 겨울은 또 다른 풍경이다. 하루 날 잡아 마음 통하는 친구들과 근처에서 맛있는 점심을 먹고 천천히 둘러봐야겠다.

　우리나라 왕들은 착한 편이다. 백성에게 모범을 보이기 위해 직접 농사도 시범을 보이고, 왕비에게는 손수 양잠도 쳐 보도록 했다. 하기야 지금도 대통령이나 단체장들이 카메라 앞에서 모를 심는 쇼를 해 보인다. 안 배워도 되는 걸 너무 잘 배워서인가. 400년이 된 뽕나무와 연못에 운치 있게 늘어져 있는 효자 나무인 밤나무의 자태가 안개 속에 의연해 보인다. 있는 그대로의 자연 형태다. 억지로 꾸며 정원을 만든 게 아니라 지리적인 특징을 살려 연못을 만들었다. 어울리는 정자를 만들고 나무 생김새를 그대로 살렸다. 내가 보아온 어느 나라 정원보다 아름답다. 인위적으로 만든 유럽의 거대한 정원보다 정감이 가고 나를 편안하게 했다.

거대한 자금성을 보다 우리나라 궁전을 보던 중국인들이 자기네 화장실 정도라고 비하하는 소리를 들었을 때 그들에게 말해주고 싶다. 우리 왕들은 백성들을 사랑해서 소박하고 겸손하게 왕 노릇을 했기에 오백 년, 천 년을 한 왕조로 이어 올 수 있었다고. 작은 나라에서 한 민족으로 오천 년을 살아낸 것은 백성들의 부지런함과 왕들의 검소한 생활 덕분이었을 것이라고.

궁전에 진열된 왕들의 침상이나 의상, 사용 용품들은 당시에는 최고급이었을 것이다. 지금은 우리들의 평상복과 비슷하다. 비단 금침이라는 말은 왕들의 호화로운 생활을 칭하는 말이다. 지금 우리는 모두가 비단 금침을 사용하고 있다. 왕들보다 더 화려한 생활을 하는 것이다.

추억을 같이 공감해 줄 사람이 없는 지금, 먼저 간 사람이 많이 보고 싶고 그립다.

2 계획 없이 가출하다

1. 장수군의 중심지 장계읍

　사람은 일상에서 무료할 때 어디론가 훌쩍 떠나고 싶은 꿈과 환상을 가진다. 죽음을 앞둔 사람이 후회하는 것 중 하나는 일을 더 많이 할 걸 하는 후회가 아니라 일에 치우쳐 여행하지 못한 것에 대한 후회라고 한다. 일자리를 며칠쯤 비운다고 세상이 어떻게 되는 것도 아닌데 자리를 털고 집을 나서는 게 쉽지 않다. 젊을 때 같지 않아 혼자 장거리 운전하고 떠나기는 불안하다. 여행 동행자를 구하는 것도 쉽지 않다. 하루 정도면 마음에 맞지 않아도 참고 지낼 수 있다. 여러 날을 동행해야 한다면 중요한 부분이다. 네 명 정도가 경비 문제에서 부담이 적다. 두 사람은 교대로 운전하고 한 사람은 총무를 맡고 한 사람은 취사를 맡기면 딱 좋다. 출발부터 집에 도착까지 모든 경비는 똑같이 부담하는 걸 원칙으로 한다.

　오랜만에 성사된 이번 여행은 교우 넷이 이루어졌다. 네 명 중에 유일한 남자분이 고향 동창 모임에 먼저 내려갔다. 장수군 장계읍이다. 일행 여자 셋은 조심조심 고속도로를 탔다. 일찍 출발했다. 혹시 몰라 비상식량으로 누룽지와 라면, 물과 약간의 김치와 휴대용 가스레인지를 차에 실었다. 이제는 밥을 해 먹지 말고 그 지역의 맛있는 음식을 사 먹자고 했지만, 피치 못할 변수도 일어나기에 준비한 것이다. 출발할 때 비가 억수같이 퍼부었다. 이 빗속에 가야 하나 망설임에 먼저 내려간 형제에게 전화했다. 그곳은 햇볕 쨍쨍 이란다. 통영 대전 간 고속도로에서 장수로 빠져 약속한 장수성당에서 기다리니 사람이 없다. 전화로 확인하니 장수성당이 아니라 장계성당이라 한다. 장수군이니 장수성당일 거라는 선입견으로 15km나 멀리 갔다. 되돌아가 형제님과 만났다. 객지에서 만나니 얼마나 반갑던지. 마침, 점심시간이라 교회에서 맛있는 카레밥을 대접받았다.

장계는 예전에는 광산이 있어 돈과 사람들이 몰려와 흥청거리던 곳이다. 돈과 사람이 많이 모이다 보니 교통이 발달하고 당연히 유흥가도 번성했다. 모든 행정이나 교육이 이곳에서 번창했다. 장수군에서 장계읍이 중심지였다니 여기에 사는 사람들의 자부심도 대단했다고 한다.

2. 매력적이고 섹시한 말의 세계

승마 사육장에 갔다. 잔디와 조경이 잘 되어 있어 외국에 온 느껌이다. 골프장 같은 드넓은 곳은 산 중턱에 자리해 시야가 탁 트였다.

이곳은 경주마를 훈련하고 관리하며 좋은 말을 생산하도록 교배시키는 곳이다. 좋은 씨받이 말은 40억까지 간다고 하니 내 몸값이 초라해진다. 경마장에서 뛰는 말은 마사회에서 관리하고 책임을 지는 줄 알았는데 그게 아니다. 이곳에 있는 말은 각각 주인이 따로 있다. 여기에 맡기면 훈련도 시키고 관리도 해준다. 한 달에 150만 원을 낸다. 말 주인은 아무나 할 수 없다. 이 계통을 잘 아는 사람이고 재력과 권력과 이권에 능한 사람이다. 경주에서 일등 하면 엄청난 상금도 받는다. 말이 경주에 출전하면 참가비도 받는다고 하니 내가 모르는 세상이다.

넓은 막사에 혼자 있는 두 마리 말은 전성기 때는 비싼 씨받이 종마로 대우받았다. 이제는 늙어 현역에서 물러나 혼자 외롭게 지내고 있다. 등록된 고가의 말이라 함부로 할 수 없어 죽을 때까지 이렇게 살려둔다고 한다. 죽을 때까지 홀아비로 살아야 한다는 게 왠지 불쌍해 보인다. 말은 여자의 화장품 냄새가 나면 발정한다는 데 고추의 길이가 장난이 아니다. 예전에 선정적인 영화 애마 부인 시리즈가 화제가 되기도 했던 것은 아마도 이 수말의 거시기 때문일 것이다. 말은 동물 중에 가장 매력적인 외모를 가졌다. 옛 어른들이 말띠 여자가 드세다고 며느리로 맞이하기를 꺼렸던 것도 그런 연유일 것이다. 그러나 지금은 섹시하다는 게 최고의 찬사로 들리는 세상이다. 옆에 있는 좀 특이한 생김새를 가진 말이 이채롭다. 갈색 털에 긴 꼬리가 여성스럽게 생긴 이 말은 조랑말이다. 이곳에 있는 이유가 재미있다. 처음 만나는 암말과 수말의 신방을 잘 치르게 도와주는 도우미 역할을 맡는 말이다. 말은 예민해서 처음 만나는 상대를 잘 받아주지 않는다. 교미시키려는 암말의 감정을 풀어주려고 이 조랑말을 이용한다. 조랑말은 암말을 애무하고 스킨십을 해주어 암말이 어느 정도 흥분이 될 즈음에 종마와 교미를 시킨다. 어려운 역할에 영화배우 대신 쓰는 대역인 셈이다. 좀 억울할 것 같다. 이건 동물 학대에 해당하는 거 아닌가? 더 흥미로운 건 말들도 가짜로 사정하는 말이 있다는 것이다.

모든 동물은 자기 종족을 보존하기 위해 많은 씨를 퍼뜨리는 데 열중한다. 그런 상식에 예외를 인정해야 하는 일이 있다. 말 중에는 사정하는 척하고 정작 씨를 넣어주지 않을 때도 있다고 한다. 지능적일까? 암말이 맘에 안 들어서인가? 아니면 강제로 사정을 강요하는 사육사에 대한 항의일까? 그 점이 궁금하다. 마주(馬主)는 교미시키려 멀리서 암말을 데리고 왔기에 확실한 증거를 원한다. 그 불안을 해소하려 정말 씨를 받았는지 확인해 주는 시스템도 있다.

사람이나 동물이나 새끼들은 사랑스럽다. 푸른 초원 위에 엄마를 따라다니는 망아지의 모습은 평화로움 그 자체다. 미소가 절로 나온다.

3. 의암 논개는 장계 출신이다

일본 왜장의 목을 안고 진주 남강에 투신한 논개가 진주사람이 아니고 출생지가 장계라는 사실을 아는 사람은 많지 않다. 우리는 많은 것을 광고나 선전에 사실을 왜곡 당하며 허구가 진실이 되는 혼란스러운 사회에 산다. 많은 돈을 들여 광고하는 이유다. 논개는 5살에 아버지가 돌아가시어 어머니와 삼촌 집에 기거한다. 노름에 빠진 삼촌은 어린 논개를 돈 많은 김풍헌에게 민며느리로 팔고 도망갔다. 이 사실을 안 모녀는 외갓집에 도망갔으나 김풍헌에게 붙들려 장수 관아에 끌려가 재판받는다. 재판관 최경희 현감은 이 모녀를 불쌍히 여겨 무죄로 방면한다. 최경희 현감은 오갈 데 없는 논개를 관아에서 심부름하며 지내게 한다. 운명적인 만남이다. 논개 나이가 17세가 되던 해(1590년) 부부의 예를 올린다. 2년 뒤 임진왜란이 일어났다. 관직에서 사임한 최경희는 의병을 일으켜 진주성 전투를 승리로 이끄는 데 지대한 역할을 했다. 왜군은 10만 대군을 이끌고 진주성을 다시 침략해 왔다. 너무 역부족인 싸움은 패배로 끝났다. 이에 책임을 지고 최경희는 남강에 투신해 순국한다. 남편의 복수를 위해 논개는 기생으로 분장하고 열 손가락에 반지를 낀다. 승전에 축하연을 열고 취해있는 왜장을 유인해 껴안고 남강에 투신한다. 꽃다운 19세 나이다. 체구가 큰 장수를 연약한 여자의 힘에 손이 풀릴까 봐 열 손가락에 반지를 꼈다고 한다. 떨어져 죽은 바위를 의암이라고 부르게 하고 조정에서 논개의 호를 의암이라 시호를 내렸다. 진주 남강에는 논개를 기리는 축제를 크게 한다. 장수군은 장수읍과 장계읍이 있다. 장수읍에는 논개 사당이 엄청나게 크다. 3층으로 자리하고 있다. 비석과 논개 전시관도 있다. 주변엔 논개 공원, 논개의 시 누각, 의암호수도 예쁘게 가꾸어있다.

장계읍에는 논개의 생가가 있다. 동상도 있고 주변을 잘 꾸며놓았다. 논개의 성씨가 주 씨다. 예전에 논개의 조상인 주 씨가 살았다는 주촌 마을을 관광 단지화하느라 많은 한옥을 지어 숙박업소로 사용하고 있다.

논개는 13세까지 장계에서 성장했다. 기생인 논개가 술자리에서 왜놈 장수 목을 끼고 남강에 투신하여 같이 죽었다는 식으로 어렸을 때 배워 알고 있는데 사실과는 너무 다르다. 비석에도 기생으로 되어있다. 당시 기생으로 분장하지 않으면 왜군 장수 근처에 갈 수 없기에 기생처럼 꾸미고 기생 일행에 끼어들어 갔기에 기생으로 오인했던 것이리라.

논개를 찬양하는 변영로 시인의 시비가 반갑다. 변영로 시인은 부천 수주문학의 주인공이다. 교과서에서 이 시를 읽고 가슴 뛰었던 기억이 난다.

논개

　　　수주 변영로

거룩한 분노는
종교보다도 깊고
불붙는 정열은
사랑보다도 강하다

아, 강낭콩꽃보다도 더 푸른
그 물결 위에
양귀비꽃보다 더 붉은
그 마음 흘러라

아리땁던 그 아미
높게 흔들리우며
그 석류 속 같은 입술
죽음을 입 맞추었네!

4. 아픈 추억이 그리운 공기마을

　장수에서 전주로 가는 길에 편백 숲 힐링 장소로 입소문이 나 있는 공기마을에 갔다. 사람이든 마을이든 이름에는 이름의 값이 있다. 이 마을도 오래전부터 공기마을이라고 부르는 것으로 보아 공기가 좋은 마을이었나 보다.

완주군 상관면에 있는 이 편백 숲은 내 아픈 추억 때문일까 이따금 가고 싶은 곳이다. 지방에 내려올 때면 한번은 들러 한 시간 반거리의 숲길을 걸었다.

편백에서 피톤치드가 제일 많이 나온다는 발표 이후 장성군은 편백 숲으로 대대적인 관광 사업을 추진해 성공했다. 그러나 축령산 편백 숲은 너무 인위적이고 영업적인 게 싫어 공기마을을 찾았다. 처음 왔을 때는 편의시설이 하나도 없는 허허로운 곳이었다. 작은 주차장에 차를 세우고 낮에는 주변을 구경 다니고 밤에는 이곳에 와서 차 속에서 잤다. 개울물로 밥을 해먹으며 이 숲을 산책했다. 밤

에는 별이 쏟아질 것처럼 아름답던 기억. 남편이 암 투병하던 중이었다. 남편은 떠나고 추억이 부르는 이곳을 그리워했다.

공기마을에 가자고 한 내 의도와는 달리 일행은 숲 입구에서 쉬고 가자고 한다. 이곳에 추억과 사연을 가진 나와 아무런 연관이 없는 그들과는 느낌이 다를 것이다. 주변은 돈 있는 사람들의 돈벌이로 너무 상업화되어 있었다. 시골집이 전부였던 이곳에 원룸, 음식점, 사우나, 찜질방, 카페 등. 사람이 모이는 곳에 있는 모든 것들이 들어와 있다. 돈 있는 사람들은 돈 냄새를 잘 맡는다. 떠난 사람이 그리울 때 혼자서 다시 와야겠다. 해가 지기 전에 전주 한옥마을에 가야 한다. 저녁은 맛의 고향 전주에서 먹기로 했다. 잠도 한옥마을 근처에 있는 24시 사우나에서 자기로 했기에 서둘러야 했다. 전주는 익숙한 곳이다. 남편과 자주 왔던 곳이고 김제가 고향이라 동생들도 여기에 있다. 어느 곳보다 마음이 포근한 고장이다. 특히나 먹거리 인심이 후해 전주 사람은 다른 곳에서 술을 못 마신다고 한다.

5. 살아 있는 옛집, 전주 한옥마을

전주에 오면 유명하다는 피순대를 꼭 먹고 싶었다. 예전에 시골에서 돼지를 잡으면 선지에 파, 마늘 양념만 넣고 어머니가 직접 해주시던 순대를 먹고 싶었다. 전주의 토박이가 되어있는 동생한테 전화했다. 남부시장 안에 조점례 순댓국집을 찾아가라고 했다. 물어물어 찾아간 집은 우리의 기대와는 달리 기업체다. 줄을 서 한 시간을 기다려야 한다는데 다행히 시간이 조금 늦어서인지 조금 기다리니 자리가 났다.

여기서 피순대 맛만 보고 좋은 곳에 가서 맛있는 걸 사 먹기로 했는데, 식당 안에는 모두가 순댓국을 먹고 있다. 계획을 변경해 우리도 순댓국을 시켰다. 피순대도 대(大)자를 시켰다. 주문받는 이가 소(小)자로 먹어보고 모자라면 더 시키라고 한다. 양심적인 거래가 우선 맘에 들었다. 미식가인 총무가 그동안 먹어본 순댓국 중에 제일 맛있었다고 하니 그 맛은 입증된 셈이다. 피순대는 당면 만 들어 있는 순대와는 달리 선지가 많이 들어있어 씹을수록 고소하다. 일행은 맛있게 너무 많이 먹었다며 배를 두들기며 나왔다. 소화를 시킬 겸 한옥마을을 걸었다. 젊은이들이 몰려다니는 한옥마을 골목길을 우리도 여기저기 기웃거렸다. 한옥마을은 전시용 한옥마을과는 다르다. 일제 강점기에 일본인들이 건물이나 생활양식을 일본식으로 바꾸려 하자 이에 반발해 자발적으로 한옥을 지어 살았다고 한다. 일제에 대한 저항이다. 전주 사람을 양반이라고 하는 데는 이런 애국의 의지가 깔려있다. 그래서인가? 다른 도시보다 유독 살아있는 한옥이 많다. 정감 있고 깨끗하고 멋스러운 전주 특색의 한정식 음식점도 많다. 한지로 만든 작품들, 개량한복, 손수 수를 놓아 만든 소품들도 예쁜 모양에 비해 착한 가격이다. 밤거리에 은은한 조명도 분위기를 띄운다. 통기타를 치며 생음악을 하는 젊은이의 노랫소리가 더 감미롭게 들리는 것은 배도 부르고 분위기도 좋고 네 명의 일행들이 모두 마음이 맞는 사람들이라서다. 다니다 보니 남매가 임실 치즈와 아이스크림을 직접 만들어 파는 가게가 있다. 쉬기도 할 겸 시중에서 맛보기 어려운 임실 치즈 맛을 보고 블루베리 아이스크림을 나누어 먹었다. 역시 맛있다.

아무리 배가 불러도 먹어보고 싶은 것은 먹어봐야지. 기회는 놓치면 다시 잡기 어려우니까. 하고 싶은 것은 지금 해야 하는 나이다.

이성계의 탯줄을 묻었다는 경기전은 사극 영화나 연속극을 촬영하기도 한다. 궁처럼 크고 작은 여러 채의 기와집과 우람한 나무들이 있어 좋은 배경이다. 전시관도 있고 왕들의 초상화도 있다. 경기전은 지금 규모보다는 컸다는데 일제가 땅을 잘라 자기네 학교를 지었다. 조선의 얼이 깃든 곳을 그대로 놔둘 리 없었을 것이다. 그 앞에는 명소로 뽑히는 전동성당이다. 성당은 100년이 넘은 유서 깊은 순교지 성당이다. 초대 프랑스 신부가 지은 성당은 고딕식으로 되어있어 관광명소다. 전에는 전주 교구청 성당이었지만 지금은 주변이 시끄럽고 관광객이 많이 찾다 보니 다른 곳으로 옮겼다.

어디에나 한복을 입은 관광객들로 도시는 예전과는 전혀 다른 모습이다. 한 집 건너 한 집씩 한복 대여점이 있다. 너무 상업적인 느낌이다. 우리 전통 한복의 우아하고 단아한 모습이 아니라, 정체불명의 옷이다. 어우동 같은 기생 차림의 옷들이 많다. 일본 양산도 눈에 거슬린다.

잠은 근처에 있는 24시 사우나에서 자기로 했다. 일행은 사우나에서 잠을 자는 게 이번이 처음이라고 한다. 그들은 새로운 경험이라고 하지만 여행 중에 사우나에서 자는 게 다반사인 나는 코 고는 사람이 없기를 바랄 뿐이다. 사우나는 일요일 밤이라 사람이 많지 않았다. 다행히 천둥 치듯 코 고는 사람도 없어 편안한 밤이다. 아침을 먹고 싶은 사람은 누룽지를 끓여주겠다고 하니 형제님이 반기를 들었다. 공원에서 초라하게 누룽지를 끓여 먹고 싶지 않다는 것이다. 내내 운전해야 하는 사람인데 함부로 해서는 안 되는 일. 전주콩나물국밥이 유명하니 그걸 먹어보자고 합의했다. 사우나에서 자고 나오는 우리 같은 여행객이 많은지 주변엔 국밥집이 많다. 7천 원 가격에 오징어가 들어 있다. 콩나물은 아삭아삭하다. 역시 먹어보길 잘했다. 아침을 든든히 먹어야 오늘 일정을 무리 없이 진행할 것이다. 달달한 모주도 한 모금씩 했다. 아침부터 알딸딸하다.

6. 전주의 대표 – 덕진공원

전주의 대표 덕진공원은 오래된 명소다. 60대 이상의 옛 연인들

은 대부분 여기서 데이트했다. 주변엔 전북이 낳은 시인들의 시비가 여기저기 자리하고 있다. 비둘기들이 뒤뚱거리며 모여든다. 얻어먹기만 해서 비만이다. 단오절 행사를 이곳에서 한다. 춘향이 그네뛰기 대회도 있어 길게 늘어진 그네로 춘향이 흉내를 내본다. 겁이 많은 총무를 억지로 그네에 타게 했더니 어찌나 덜덜거리며 소리를 지르던지.

호수의 반절은 연꽃이 몰아 피어 있다. 연이 심겨있는 것도 오래전인데 연꽃 사이로 걸어 다닐 수 있도록 다리가 놓여있다. 시흥의 연꽃단지보다는 작은 규모이지만 그런대로 운치가 있다. 꽃도 다양하지 않다. 덕진 호수에서는 분수 쇼도 하고 오리배도 띄운다. 호수와 주변 나무들이 잘 어우러져 아담하고 정갈하게 느껴진다. 계획은 전주에서 한 상 딱 벌어지게 한정식으로 점심을 먹기로 했었다. 그런데 아침을 먹으면서 옆 식탁 아저씨에게 한정식에 대한 정보를 물었다. 한 상에 20만 원짜리는 못 사준다고 총무가 입을 딱 벌리고 거절했다. 돈을 쥐고 있는 총무 권한이 막강해 항의할 수도 없다. 시간도 여의찮아 다음 행선지로 떠났다.

　김제로 가는 길에 관상어 양식장에 갔다. 금붕어나 비단잉어 등 관상용으로 키우는 물고기 종류를 배양하고 키우고 전국에 파는 곳이다. 체험장도 같이 하다 보니 어린이 놀이터도 있다. 찾느라고 고생했으니, 입장료를 깎아달라고 하자 대신 물고기 밥을 준다. 물고기를 만나면 밥을 주라는 것이다. 얻어먹는데 길든 물고기는 사람의 기척 소리가 나면 어디서 있다가 몰려오는지 한꺼번에 몰려

와 입을 짝짝 벌린다.

　자기 동료를 타고 기어오른다. 너무 몰려와 징그러울 정도다. 물고기의 세계도 먹고 사는 게 만만치 않은 것이다. 새끼는 새끼대로 어미는 어미대로 얻어먹겠다고 입을 벌리고 달려오는 게 안쓰럽다. 모양도 생김새도 크기도 각각이다. 물고기도 특이하게 잘생긴 씨받이는 값이 억 원이 넘는다고 한다. 기왕에 태어났으면 잘생기고 볼 일이다.

7. 전설이 사실 같은 선인마을 이야기

　백학(白鶴)리 선인(仙人)동이 내가 태어난 마을이다. 학이 날고 신선이 태어난 곳. 이름은 근사하고 아름다운데 어느 시골이나 다 그렇듯 텅텅 비어가는 마을에 어르신 몇 분만 계신다. 부모님이 안 계시니 자주 오지도 못했다.

선인마을에 신선이 났다는 이야기가 근거 있게 전해 내려온다. 사실 이 이야기를 문화적으로 활용하지 못한 점이 아쉽다. 내 어렸을 때는 집 앞 둠벙은 마을에서 신성시 해 그곳에서는 더러운 빨래도 하지 않았다. 아무리 가물어도 물이 마르지 않았다. 마을 사람들은 집안에 어려운 일이 있을 때는 둠벙 앞에 북어와 떡을 놓고 빌기도 했다.

어릴 때 어머니한테 들은 이야기다. 진표라는 노총각 나무꾼이 혼자 살았다. 둠벙(웅덩이)에서 100m 떨어진 집터는 지금은 잡초만 무성하다. 나무를 팔고 오면 방안에 정갈한 밥상이 차려있다. 계속되는 일에 어느 날 몰래 망을 보았다. 둠벙에서 선녀가 나와 밥상을 차려준다. 일을 마치고 돌아가 우렁이로 변하더니 둠벙으로 들어가는 게 아닌가? 노총각이 선녀를 붙잡고 같이 살자고 애원했다. 선녀의 말인즉, 자기는 옥황상제 딸인데 상제에 거스르는 죄를 지어 이승에 내려오게 되었다고. 그 죗값으로 남에게 좋은 일을 해 주어야 다시 올라갈 수 있다고 했다. 그러니 제발 붙잡지 말아 달라고 애원한다. 혼자 사는 노총각이 놔줄 리 없지 않은가. 별수 없이 같이 살게 되었다. 하루는 선녀가 아기를 낳아야 하는데 아버지가 있으면 안 되니 100일 동안만 집을 떠나 달라고 정색하며 신신당부한다. 절대로 어기면 안 되니 꼭 약속을 지켜달라는 부탁을 받고 진표는 집을 나온다. 그러나 멀리 갈 수도 없어 주변을 서성이며 나날을 보낸다. 100일이 하루 남은 날 도저히 궁금하고 견딜 수 없어 문구멍으로 방안을 들여다본다. 방안에는 일곱 마리 용이 물통에서 헤엄치기도 하고 안개 속을 날아다니기도 하는 게 아닌가. 아버지 냄새를 맡은 첫째 용부터 "아버지다" 소리치며 차례로 떨어지더니 모두 죽고 만다. 선녀는 한탄하며 당신과의 인연은 여기까지라며 일곱 명의 아들을 언덕에 묻고 하늘로 올라갔다. 그 이후 진표는 세상의 무상함을 깨닫고 절로 들어간 이후 본 사람이 없다고 한다. 일곱 마리 용무덤은 마을 들어가는 입구에 있다. 조선시대에는 김제에 현감으로 내려오는 사람들은 이곳에 제를 지내지 않으면 사고가 났다고 해서 위로 제를 올렸다고 한다. 어렸을 때는 칠 무덤이라고 불렀다. 사그라지던 무덤은 시에서 정비해 용자칠총(龍子七塚)이라는 비석을 세웠다. 지금은 벌초를 안 해서 잡초가 무성하다.

마을의 둠벙은 김제시에서 선정(仙井)을 만들고 내력도 비문으로 적어 놓았다. 작은 정자도 세웠지만 우물은 말라버렸고 황폐되어 옛 정취를 잃어버렸다. 이처럼 아름답고 슬픈 이야기를 잘 살리지 못하는 게 아쉽다. 서양의 관광지에 가보면 너무나 실망스러운 게 많다. 그러나 그들은 사소한 이야기도 아름답게 포장하고 문화적으로 상품화해 많은 관광객을 불러오는데 우리는 이런 면이 너무 취약한 것 같아 안타깝다.

8. 맛있는 음식이 여행을 신나게 한다

김제에서 점심을 먹기로 하고 여기저기 돌아 다녔다. 마땅한 곳을 찾지 못했다. 김제는 팥죽이 유명하니 팥죽이나 먹고 가자고 했다가 총무한테 야단맞았다. 팥죽은 아무데서나 먹을 수 있으니 김제에서 특색 있는 것을 먹자는 것이다. 형제님이 택시 기사에게 물어보면 제일 잘 안다며 두 사람한테 물었다. 옥금정을 추천해 준다. 시청 관광과에 전화해 문화탐방 중인데 괜찮은 음식점을 추천해 달라고 하니 역시 같은 집이다. 옥금정은 시장 끝 한적한 곳에 자리하고 있다. 메뉴판을 보니 가격이 다양하다. 일행은 3만 원짜리 한정식을 주문했다. 멀리서 왔으니 맛있게 해 달라고 주인을 불러 부탁했다. 20만 원보다는 적은 액수라고 생각했던지 총무의 윤허가 났다. 역시 상차림은 실망시키지 않았다. 잎이 달린 산양 산

삼이 나왔다. 여러 종류의 음식이 깔끔하고 맛깔스럽다. 총무는 아는 친구한테 카톡을 보내느라 정신이 없다. 가격 대비 너무 맛있고 좋다고. 김제에 오면 꼭 이곳을 들리라는 홍보다.

총무는 이번 여행에서 꼭 먹고 싶었던 음식을 먹어보니 너무너무 행복하다며 즐거워한다. 모주도 한 잔 시켰다. 전주에서 아침에 마셔본 것보다는 진하다. 막걸리도 아니고 술도 아닌 것 같은데 술 같은 맛. 거무스레하면서 계피 향이 난다. 모두 술을 마시지 못하니 천 원 주고 한 잔을 시켜 넷이 맛을 보았다. 전주지방에 오면 꼭 모주를 마셔봐야 한단다. 음식도 정갈하지만, 주인도 정갈한 인품이다. 옥금정이라는 상호는 돌아가신 어머니의 이름이라 한다. 자녀들이 두 번이나 효행상을 받기도 했고 지역에 좋은 일도 많이 하는 분이다. 아버지와 아들, 며느리가 같이 식당을 운영하는데 음식 최고의 자격증 소유자라니 긍지가 대단하다. 맛있는 점심을 먹고 나니 모든 게 좋아 보인다.

부안으로 가는 길목에 벽골제를 들렀다. 우리나라 최초로 고대에 만들었다는 저수지다. 백제 시대에 만든 것이라고 하니 그때도 김제는 농사짓기에 적합한 평야였나 보다. 김제시에서 해마다 10월 초에 벽골제 지평선 축제를 한다. 축제의 규모와 구경 오는 인파들이 어마어마하다. 작은 도시에 그렇게 큰 축제를 소화할 수 있을지 의아해했지만 가장 성공적인 축제로 뽑혔다고 한다. 조정래 소설가의 아리랑 문학관이 김제에 있다. 김제와 연관이 없을듯한데 아리랑 소설에서 김제평야의 풍요로움을 잘 묘사했다는 것이다. 또한 김제 출신이며 중 고등학교 미술 선생이셨다가 교수로 가신 벽천 나상목 선생의 전용 미술관도 있다. 은사님의 그림이 존슨 대통령이 방한했을 때 증정되어 백악관에 걸려있다고 자랑하시곤 하셨다. 월요일이라 모두 문을 닫아 내부를 보지 못했다. 벽골제 행사장은 잔디가 잘 다듬어져 있다. 여러 조형물이 많이 있는데 그 중에 돋보이는 건 어마어마한 쌍용이다. 금방 날아오를 것 같은 두 마리의 용은 여의주를 물고 서로 마주 보고 있는 것이 어디에서도 볼 수 없는 대작이다.

9. 상처의 흔적은 기억으로 남는다

부안은 한때 대한민국을 시끄럽게 했던 곳이다. 방폐장 건설 문제로 나라와 군민과 군민 사이에 혹독한 홍역을 치른 상처들이 지금도 사람들의 가슴에 불신으로 얼룩져 남아 있다고 한다. 어느 쪽이 옳고 어느 선택이 유익했는가는 적어도 30년은 지나야 드러난다. 그때쯤이면 좀 더 담담한 감정으로 사물을 볼 수 있고 결과가 나타날 것이기에 사실 그대로 받아들일 수 있을 것이다.

부안은 여러 번 다녀갔다. 그동안 다녔던 여행지도 일행을 위한 일정이 대부분이다. 해변도로를 가다 보면 바다와 연결된 해수욕장, 전망대, 바지락 칼국수 집 등이 눈에 띈다. 채석강은 부안의 대표적인 볼거리 중에 하나다. 켜켜이 층층이 기기 절묘하게 단층을 쌓아 올린 기암절벽이 장관을 이룬다. 바위층은 색깔이 달라 봄·여름·가을·겨울 어느 때라도 절경이다.

들고나는 바닷물에 씻긴 바위들이 닳고 닳아서 모서리가 깎이어 둥글둥글하다. 사람도 시련을 겪어야만 유연해지나 보다. 근처의 격포해수욕장에서 물놀이하는 사람들. 바위에서 무언가를 찾아다니는 가족들도 있다. 우리처럼 사진만 찍는 사람도 있다. 열심히 앞뒤로 서둘러 다니며 사진을 찍어주는 형제님이 고맙다.

전에는 없었던 호텔이 언덕 위에 생겼다. 경치가 아름다운 곳에는 돈 버는 사업장이 생긴다. 경관을 해치고 환경을 오염시킨다. 조금은 불편하지만, 자연을 그대로 놔두는 게 후손을 위한 배려가 아닐까. 화장실에 다녀올 겸 우아하게 호텔 카페에 들어가 팥빙수를 시켰다. 옆 테이블은 빙수, 빵, 아이스크림들을 시켜놓고 인증 사진을 찍는다. 가족과 같이한 학교 방학 숙제란다.

금구원 야외 조각미술관은 김오성 씨가 고향에 세운 우리나라 최초의 야외 조각공원이다. 20년 전쯤에 들렀을 때는 조금 어수선했다. 입장료도 받지 않고 후원금 통이 놓여 있었다. 그동안 주차장과 주변을 정리하고 작품도 많이 전시해 놓았다. 지금은 입장료를 받는데 비싸다는 생각은 들지 않는다. 사설 천문대가 있어 학생들의 체험 관광지로 주목받는다. 일행이 우리뿐이라 한가하게 조각을 구경했다. 별자리는 보지 못했다. 아마도 이곳 주인의 독특한 취미인 듯싶다. 대리석이나 화강암으로 조각한 작품은 아주 작은 소형부터 450cm의 큰 작품까지 다양하다.

대부분이 아무것도 걸치지 않은 여체의 모습이다. 얼굴 이미지

가 비슷하다. 작가의 첫사랑이거나, 이상형의 여자 거나, 아니면 사랑하는 아내나 딸의 모습인가 궁금하다. 그림이나 조각하는 사람의 말에 의하면, 하느님의 창조물 중에 가장 아름다운 것은 여체의 곡선미란다. 여체의 조각품을 볼 때마다 위안을 얻는다. 대부분 작품이 날씬한 게 아니고 나처럼 두루뭉술하고 통통하다.

10. 백합죽 먹으러 밤길을 헤매다

　비는 부슬부슬 오는데 해는 져가고 잠자리를 잡지 못해 불안하다. 길가에 호텔이나 모텔은 늘비한데 우리가 찾는 숙소는 아니다. 우리의 여행 일정은 저렴한 잠자리다. 어차피 변산반도는 한 바퀴 돌아야 하는 길이다. 나가면서 젓갈로 유명한 곰소에 들렀다. 휑하다. 지금은 젓갈 파는 계절이 아니다. 사람이 없으니 괜히 우리까지 썰렁한 느낌이다. 곰소에 24시 사우나가 있는데 왠지 어설펐다. 시간도 좀 이르고 군청 근처에 가면 있지 않을까 싶어 그냥 나왔다. 오다가 보니 신석정 묘라는 팻말이 보인다. 여학교 때 신석정 시인의 감미로운 문체에 매료되었던 감정이 살아났다. 신석정 시인은 부안 사람이다.

　일제 강점기에 어려움이 많았던 대부분의 시인답지 않게 신석정 시인은 유복한 집안에서 어려움 없이 살았던 것 같다. 참여시보다

는 서정적인 시가 많다. 시골에서 자라 자연을 노래한 시들이 부드럽고 감미롭다. 사진에서 보는 시인의 모습은 서양적인 외모다. 지금으로 치면 아이돌 같은 얼굴이다. 묘지는 시인의 시비와 약력을 기록해 놨다. 문중 묘와 같이 있다. 들어오는 입구를 잘 정비해 놓은 것으로 보아 부안군에서 관리해 주는 것 같다.

늦게 도착한 부안 시내를 여기저기 돌아다녔다. 부안은 해변으로 둘러싸인 지역이라 관광객이 많이 온다. 24시 찜질방은 있을 거라는 계산에서다. 예상과는 달리 없다는 것이다. 비는 오고 배는 고프고 날은 저무는데 요란한 호텔 불빛과 모텔 불빛은 여기저기 휘황찬란한데…… 우선은 배고픔을 해결하고 나서 다음 일을 생각해야 했다. 부안에 오면 꼭 죽을 먹고 가야 한다고 해 시내에서 죽 파는 집을 찾았다. 해변에 그리도 많이 붙어있던 죽집 간판이 보이지 않는다. 어쩌다 보이는 건 시장통 집이다. 다음에 와서 먹지 하는 소리에 형제님이

"여기까지 왔는데 언제 또 올지 모르는데 후회 없이 먹고 싶은 것은 먹어야지" 했다. 택시 기사한테 물었다. 4km 떨어진 곳에 가야 괜찮은 죽집이 있다는 말에 차를 돌렸다. 소방서 앞에 백합죽을 파는 집이 있다. 대부분은 바지락죽을 파는데 이 가게는 백합죽이 전문이다. 잘하는 집으로 소문이 났는지 늦은 시간에도 가족들이 많이 와 있다. 죽 한 그릇 먹겠다고 비 오는 밤길을 헤맨 우리 모습

에 서로가 웃었다. 백합은 조개 중에 고급인 조개류다. 바지락이야 가장 흔하지만, 백합이라는 이름부터가 고급스럽다. 백합 부침개를 하나 시켰다. 다양한 메뉴가 있지만 죽을 먹어야 할 것 같아 모두 백합죽을 시켰다. 주문받아 직접 끓여야 해서 기다려야 했다. 찾아온 보람이 있었다. 배가 부르니 이제 자는 일이 걱정이다. 익산에 사는 여동생한테 전화했다. 익산은 사우나가 있다고 해 어차피 올라가야 하는 길이니, 밤이 늦더라도 가기로 했다. 같이 여행하는 일행 중 남자는 꼭 필요한 가치 높은 존재다. 우선은 믿음직하고 안심이 되었다. 재미없는 누나 같은 여자들을 안내해야 한다는 책임도 무겁겠다. 그러나 여자 셋은 굳이 우겼다. 이런 꽃밭에서 노는 행운이 자주 오는 기회는 아니라고.

　밤길을 헤매다 찾은 사우나는 어마어마하게 컸다. 운영될까 염려가 될 정도다. 여하튼 오늘의 잠자리를 정하고 나니 모두가 피곤했던지 곯아떨어졌다. 그 와중에도 형제님은 여자들을 보호해야 한다는 일념으로 잠을 설쳤다고 한다. 그래서 세상은 남자와 여자가 더불어 사는 게 아름답다.

11. 유네스코에 등록된 백제 문화권

　아침을 간단히 먹고 2015년 유네스코 세계문화유산에 등록된 미륵사지를 보러 갔다. 몇 년 전에 그곳을 찾았을 때는 온통 공사 중이라 쌓인 돌과 철제빔만 보았던 기억이다. 그사이 세계문화유산에 등재되었으니 무엇이 달라졌는지 보고 싶었다.

가는 길에 쌍릉이라는 표지판이 보여 들어갔다. 두 개의 큰 무덤
인데 학설에 의하면 큰 것은 무왕의 것이고 작은 것은 선화 공주의
능으로 추정된다고 한다. 이쪽 지방에는 백제 무왕이 된 서동 왕자
와 신라의 선화 공주에 대한 동화 같은 사랑 이야기가 전해온다.
사실과 진실을 밝히기에 앞서 사람들의 가슴에는 전설적인 사랑에
대한 향수가 있나 보다. 백제 문화에 연관 지어 사실화시키려는 모
습이다. 이 왕릉은 1916년에 발굴 당시 이미 도굴되어 속에는 아
무것도 없었다고 한다. 이 묘가 무왕과 선화 공주의 것으로 추정

하는 것은 근처의 미륵사지를 무왕 때 건립했기 때문이다. 도굴꾼들은 어떻게 알고 왕릉마다 도굴했을까? 하기야 칭기즈칸은 후손들이 자기의 묘를 도굴할 것을 염려해 사막 어느 곳에 묻게 했는데 아무런 표식을 하지 못하게 했다. 지금까지도 어디에 있는지 모른다고 한다. 천하를 호령한 왕도 죽은 후 파헤쳐지는 것이 두려웠나 보다.

미륵사지는 지금도 공사 중이다. 문화해설사가 유물 전시관에 진열된 출토 유물에 대해 자세히 설명해 주었다. 듣고 보니 그동안 잘 알려지지 않았던 백제 문화에 대해 이해가 간다. 백제는 삼국 중에 가장 화려한 문화를 가졌다. 일본에 많은 문화를 전해주었다. 중국과도 활발한 교류가 있었다. 그러나 정치적으로 제일 먼저 망하게 된다. 백제의 문화가 잘 알려지지 않은 것은, 역사의 기록은 승자에 의해 쓰이기 때문일 것이다. 지금 사용해도 손색이 없을 귀금속 장식품은 놀라웠다. 부처님의 사리를 보관한 비밀장치는 신비다. 미륵사를 창건한 내용이 잘 보관되어 있다. 도굴꾼이 도굴할 수 없게 시설에 비밀장치를 해 놨기에 지금까지 남아 있다.

12. 이제야 드러나는 백제의 찬란한 문화

홀어머니와 마를 캐며 살던 마동이라는 젊은이가 신라 진평왕의 셋째 딸인 선화 공주를 얻기 위해 헛소문을 내고 다녔다. 추한 소문으로 쫓겨난 공주를 고향에 데리고 와 결혼한다. 그 젊은이가 백제 30대 무왕이 되었다는 서동요가 미륵사를 더 흥미롭게 했다. 신라 진평왕도 기술자를 보냈다고 한다. 이런저런 여러 상황이 사람들의 호기심을 가지게 한다. 당시에 어마어마하게 큰 절터였음은 남아 있는 돌들을 보면 알 수 있다. 정작 이곳에서 발굴된 유물 중에 중요한 가치를 인정받는 것은 이 절을 시주한 사람에 대한 한자로 된 기록이다. 이 기록으로 그동안 믿어왔던 선화 공주에 대한 설화가 사실인지 아닌지가 논란이 일기도 했다. 그 기록에는 무왕의 왕후는 좌평인 사택적덕의 딸이라고 적혀있었기 때문이다.

설화와 전설은 어디에서든 이야기꾼들로 과장되고 계속 꾸며져 새롭게 포장될 수 있지만 정확한 기록은 사실로 인정해야 한다. 그래서 기록이 중요한 것이다. 도면으로 보면 엄청나게 큰 건축물이 소실되었는데 그걸 다 복원하기는 어렵다고 한다. 문제는 돈이 없어서다. 정 중앙에 있는 목제 건물의 절은 다음 세대로 미루고 지금은 거푸집을 만들어 석탑을 공사하는 중이다. 양쪽 석탑 중 하나인데 복원된 석탑은 영 아니라는 느낌이다. 그냥 깨끗한 돌을 다듬어 쌓아 놓은 듯하다. 그곳에서 나온 돌을 몇 개 사용했다는데 옛 모양이 아니라서 문화재라는 느낌이 들지 않는다. 지금 공사하는 것도 똑같은 모양으로 만들 것이란다.

옛 석탑을 해체하면서 나온, 오래된 돌들은 번호를 매겨 진열해 놓았다. 잔디가 잘 다듬어진 전경은 아름답다. 1400년 전의 역사가 잘 복원되어 백제 문화에 대한 긍지가 높아지기를 바란다. 근처에 있는 소박한 음식점에서 생선구이로 점심을 먹었다.

익산에 있는 유명한 보석 박물관에 갔다. 조상들한테 물려받은 손재주를 유감없이 발휘하는 보석 세공 공장이 익산에 있다. 입장료를 주고 들어가야 하는 보석박물관은 세계 각국의 진기한 보석과 원석들, 아무 데서나 보기 어려운 희귀한 보석 원료들이 진열되어 있다. 보석은 어떻게 가공하고 정밀하게 세공하느냐에 따라 모양과 가격이 달라진다. 결혼할 때 주고받는 예물 문제로 파혼까지 하는 사례도 많다. 세공이 세련되고 가격도 저렴하다. 결혼할 자녀를 둔 부모라면 여기서 패물을 구입하는 게 좋을 것 같다. 일행도 팔찌와 액세서리 여름용 목걸이도 샀다. 가격 대비 매우 만족스러운 품질이다.

13. 유네스코 문화유산 공산성을 들러보다

천안 논산 간 고속도로를 타고 공주에 도착했다. 미륵사지와 공산성 무령왕릉을 포함한 백제 문화가 세계문화유산으로 등재되었다. 우리나라는 유네스코 가입 국이라 13번째로 분담금을 낸다. 유네스코에 등재되면 세계적으로 보호받아야 하는 문화재를 보수하거나 보전하기 위한 지원도 받을 수 있다. 관광자원으로 홍보 가치도 높다. 공주는 백제의 수도였다. 그래서 여러 유물이 남아 있다. 백제는 신라와 달리 수도를 여러 번 옮겼다. 그러다 보니 문화가 집약되어 있지 않아 그동안 빛을 보지 못했다. 공산성은 공주산성이라는 이름의 약어다. 금강이 산성을 휘돌아 흐른다. 산성은 몇 년 전에 왔던 때와는 별반 다른 게 없다. 지금도 복원 공사는 계속되고 별 진척이 없어 보인다. 외곽 성벽을 걸었다. 전과는 달리 시멘트로 길을 덧대고 계단을 층층이 만들어 놓았다. 편안하게 걸으라고 해놓은 의도는 이해하는데 오히려 좋아 보이지 않는다. 쌓인 나뭇잎에 푹신한 감촉이 참 좋다. 성벽 위에 백제의 깃발이 펄럭인다.

공산성은 고구려의 침략을 막기 위해 쌓은 성이다. 옛날의 전쟁은 지금의 눈으로 보면 낭만적이다. 헉헉거리며 산성을 오르내리다 보니 땀이 온몸에 흐르고 출발점에 도착해야만 끝나는 산행이라 지친다. 전에는 이렇게 힘들지 않았다는 생각이 들자, 어제가 오늘이 아님을 실감한다.

무령왕릉은 다른 왕릉보다 소박하고 작다. 여러 개가 뭉쳐 있어 어느 것이 왕릉인지 몰라 도굴이 안 된 상태에서 발굴되었다. 재발견된 백제의 화려한 문화유산은 학계를 놀라게 했다. 무덤 안을 그대로 재현해 놓은 송산리고분군 모형전시관은 무덤에서 나온 각종 유물을 전시해 놓았다. 더욱 놀라운 것은 그 시대에 사용한 벽돌이다. 작은 벽돌을 아치 모양으로 쌓아 무덤 안을 만들었는데 환기통도 있다. 벽돌 무늬가 섬세하고 정교하다. 지금도 그렇게 만들기는 쉽지 않을 것 같다. 가로세로로 짜 맞춘 무덤에는 생전에 쓰던 장식용품도 같이 나왔다. 사람은 썩어 흔적이 없고 귀금속만 남아 옛 영화를 증거하고 있다. 황룡 벽화도 그려져 있다. 나오다 한옥마을을 들렀다. 전시용으로 지어있어 생기가 없다.

언덕 위에 자리 잡은 황새 바위는 천주교 순교지다. 박해가 이루어진 100년 동안 처형되고 죽임을 당하던 사형장이 지금은 순교지로 거룩한 땅이 되었다. 역사의 아이러니다. 공주에서 고속도로를 타기 전에 기름을 넣는 게 싸게 먹힐 것 같아 주유소에 갔다. 지방이니 당연히 고속도로 주유소보다는 싸려니 했다. 웬걸, 150원이 더 비쌌다. 공주에서는 두 번 다시 기름을 넣지 말아야지 했다.

3 레일크루즈 해랑기차여행을 가다

1. 국내 여행 중에 제일 비싼 상품

칠 남매 중 내가 맏이다. 여동생이 셋, 남동생이 셋이다. 어렸을 때 소원 중 하나는 혼자 놀러 가는 것이다. 혼자 자유로운 몸이 되는 것은 일 년에 딱 이틀, 추석과 설날이다. 형제 많은 집의 맏딸이나 맏아들의 무한 책임은 살아 있는 동안 내내다. 나이가 들고 조금은 시간 여유를 가질 때쯤 되니 형제가 많은 것도 남들이 부러워하는 복이다. 단, 조건이 있다. 형제자매와 우애가 있어야 한다. 우리 자매 넷은 싸울 일이 없다. 부모님이 가진 것 모두를 아들 셋에게만 주었다. 딸들에게 더 많은 도움을 받았으면서도 딸들한테는 공평하게 아무것도 주지 않았다. 부모님이 계실 때는 그래도 만날 기회가 있었다. 두 분 다 돌아가시고 나니 문상이나 결혼식이 아니면 멀리 떨어진 형제는 만나기 쉽지 않다.

한 달에 오만 원씩 여행비를 모아 1년에 한 번씩은 만나 여행을 가자는 의견에 합의했다. 처음엔 자매 넷이 시작했다. 여행계획과

추진은 내가 한다. 아무나 갈 수 있지만 쉽게 택하지 못하는 여행. 레일크루즈 해랑기차여행을 가보자고 했다. 우리나라에서 가장 비싼 여행 상품이다. 기차로 가는 크루즈다. 정년퇴직한 무궁화호 기차를 개조해 다양한 여행 상품을 내놓고 있다. 온돌방처럼 되어 있는 상품도 있다. 해랑기차여행처럼 숙소로 되어 있는 것도 있다. 가격도 다양하다. 그중에 해랑 크루즈 상품은 가장 비싸다. 그 돈이면 해외에 나가지, 하는 생각이 든다. 침실 기차 칸을 넷이서 쓰기에 둘이 가는 사람보다 저렴한 편이다. 침실용 기차 한 칸이 300만 원이다. 한 사람당 75만 원이다. 2박 3일 패키지 상품이다. 서울역에서 출발해 우리나라 전 구간을 돈다. 순천, 부산, 정동진으로 해서 태백에서 서울로 오는 일정이다. 구간 구간에서 내리면 버스가 대기하고 있다. 관광지를 구경시켜 주고 가장 맛있는 식사를 하고 다시 돌아와 기차에서 잔다. 호기심과 기대가 크다. 셋은 서울역에서 타고 익산에 사는 동생은 익산역에서 타기로 했다. 기차가 익산을 통과해서다. 레일 크루즈 집결 장소인 서울역 3층 커피숍에서 기다리는 동안 일행에게 커피나 차를 공짜로 준다. 정복을 입은 승무원이 공손하게 인사하고 승객을 확인한다. 일정표와 안내도를 케이스에 넣어 내어준다. 대우받는 느낌이다. 역시 돈의 위력은 크다. 기차 8칸의 중간은 카페와 휴식 칸이다. 안마기와 마사지기도 있다. 그 칸에는 마실 것과 먹을 것들이 항상 준비되어 있다. 다양한 술도 있다. 과일, 빵, 과자 등 여러 가지가 준비되어 있다. 서비스해 주는 전용 직원이 상주하고 있다. 72명 정원에 60명이 탔다. 생각보다 많다. 우리처럼 큰맘 먹고 온 사람들일 것이다. 승무원이 모두 나와 안내와 인사를 하고 여행 일정을 설명한다. 60명을 서비스하는 직원이 6명이다.

2. 순천만과 낙양읍성을 돌다

승객들이 한자리에 모였다. 참석한 팀 대표가 자기 팀 구성원을 소개하는 자리다. 서로 눈치를 보고 있어 내가 먼저 일어났다. 해랑 여행을 하게 된 동기와 같이 온 일행들을 소개한다. 결혼 기념, 가족 모임, 형제 모임, 이유와 사연이 각각이다. 한 팀은 10명이 왔다. 형제, 동서, 부모로 이루어진 팀이다. 여유 있는 형제가 비용

전부를 들여 몇 년에 한 번씩은 이런 여행을 한다고 했다. 돈이 있어도 그렇게 쓰기 어려운데 그런 형제가 있다는 게 부럽다. 나는 그런 형제가 되어주지 못해 미안한 마음이 들었다. 여자들만 8명이 온 팀은 올해 환갑 기념으로 온 동창생이다. 중국 연인 팀도 있고 조금은 어색해 보이는 중년 팀도 있다. 중년 팀은 자기소개를 하지 않았다. 기차 안의 모든 시설 사용이 무료다. 노래방, 게임, 텔레비전, DVD, 먹는 것 마시는 것 전부다. 각 방 대표에게 손톱을 가꾸어 준다기에 내 손톱을 내주었다. 일만 시키고 대접해 주지 않아 항상 미안하던 손이다. 승무원이 내 손톱에 매니큐어를 예쁘게 칠해 주었다. 호강하는 날이다. 사고 보험을 들고 싶은 사람은 신상을 적어 내라는 용지를 주었다. 여행비에서 해 준다는데 보험은 들어야지. 제일 먼저 서류를 냈다.

기차가 순천역에 도착하자 버스가 대기하고 있다. 점심은 청정 환경에서 자란 민물장어구이다. 잘 차려진 남도 음식이다. 점심을 먹고 순천만 갈대밭으로 향하는 기차에서 승무원의 안내가 있다. 점심을 먹고 버스로 오는 중에 82세 할머니가 넘어져 골반이 부서져 병원에 실려 갔다. 내 옆에 앉은 효도 여행하러 온 팀이다. 효도 여행이 불효여행이 된 것 같아 내 마음이 짠하다. 순천만은 여러 번 왔다. 그러나 자매와 같이하는 이 시간이 소중하다. 순천만 습지 갈대밭은 바다 물결 같다. 갈대 체험관에서 갈대 차를 마셨다. 어디를 가나 승무원들이 친절하게 안내한다. 모든 것이 무료다. 돈은 돈값을 가지고 있다. 물건 살 줄 모르면 비싼 물건을 사라고 했다. 맞는 말이다.

순천만 갈대밭을 걷고 낙양 읍성으로 갔다. 조상들이 살아왔던 성곽을 그대로 유지하고 초가집을 보전하려는 노력이 깃든 곳이다. 90년대까지 사람이 붐빈 읍성은 예전 같지 않다. 주막에서 파

전을 팔고 흥청거리던 모습이 없어졌다. 초가집에 살았던 공감의
세대가 지난 것이다. 지금 젊은이들은 초가집에 대한 추억과 향수
가 없다. 젊은이들은 기회만 있으면 해외로 나간다. 시들어 가는
낙양 읍성에서 나이 들어가는 내 모습을 본다. 축제 행사를 떠들썩
하게 차려 놓았지만, 사람들은 많지 않다.

3. 기차에서 가지는 이벤트

대한민국 3대 불고기는 서울 불고기, 언양 불고기, 광양 불고기 란다.

저녁은 광양 불고기다. 좋은 사람과 맛있는 음식을 같이 먹는 것은 행복한 삶의 첫 번째 조건이라 한다. 지금이 그 순간인 듯하다.

동생들은 모두 어려운 집에 시집갔다. 가진 건 줄줄이 책임져야 하는 형제만 있는 집안이다. 맏며느리가 둘, 둘째 며느리가 둘이다. 그러나 넷 모두가 시집의 중심축이고 맏며느리 노릇을 하고 살았다. 모두 생활 전선에서 열심히 살아내야 했다. 이제는 자기 자리에서 당당하게 목소리를 내고 있다. 어머니도 셋째 며느리였지만 종손 며느리로 살았다. 엄마를 닮아 딸들이 고생하는 것 같다며 안타까워하셨다. 목소리 큰 넷이 오랜만에 모이니 무슨 할 말이 그리 많은지 종일 깔깔거린다.

기차는 광양역을 출발하여 부산으로 향한다. 일행이 모두 모여 이벤트에 참여했다. 500대 1의 경쟁을 뚫고 합격했다는 승무원이 조금은 엉성한 마술쇼를 한다. 오히려 그 모습이 웃음을 준다. 승무원은 모두가 하나쯤은 특기와 장기를 가지고 있다. 승객들을 즐겁게 해주기 위해서다. 지금은 끼도 있어야 살아남을 수 있는 세상이다. 라이브 가수가 분위기를 띄우는 감미로운 노래를 부른다. 각 팀 대표가 나와 자기 팀 자랑을 한다. 막내가 자청해 나갔다. 언니들이 자기 삶의 멘토라느니 어려울 때마다 도움을 많이 주었다느니 고마웠다는 표현이다. 나온 김에 노래를 부르라고 한다. 음치들이 불러도 무난한 노래, 춤추기에 흥겨운 국민 노래 〈남행열차〉를 합창했다. 손과 발, 엉덩이를 흔들며 부르자 일행들도 합세해 춤판이 벌어졌다.

침대는 양쪽에 이층으로 되어있다. 동생들이 이층에 올라가고 나는 아래층을 쓰기로 했다. 간단한 샤워도 할 수 있다. 낮에도 종일 떠들더니 잠도 안 자고 계속되는 웃음소리. 바로 아래 동생은 혼자다. 제부가 암으로 떠났다. 아들딸이 주변에 살아 손자·손녀들을 키우며 직장에 다닌다. 이제 봐줄 손주들도 다 컸다. 심심할 거라며 아들이 사다 준 강아지로 항상 얘깃거리가 많다. 고놈이 아파서 수술하는데 150만 원을 아들 몰래 썼다고 한다. 얼마나 이쁜 짓을 하는지 보고 싶다고 핸드폰 사진으로 자랑질이다. 전화해도 강아지 안부를 먼저 묻는다. 자기도 그럴 줄 몰랐단다. 개 키우는 여자를 욕하다가 자기가 욕먹는 여자가 되었다고 떠든다. 둘째 동생은 얼마 전에 손자를 봤다. 손자 자랑에 하루에도 몇 번씩 동영상을 보여주며 입에 침이 마른다. 막내는 며느리를 봤다. 딸이 없어 아쉬워하면서도 아들 자랑에 목소리가 높다. 모든 여자의 공통분모는 남편에 대한 불만 성토다. 나이 들어 남편들이 불쌍하다면서도 불만 꺼리는 하나에서 열 가지다.

　기차는 부산 해운대역을 향해 가다 중간쯤에서 잠들었다.

4. 영화배우로 만들어 주다

해운대가 보이는 호텔에서 뷔페식으로 아침을 먹었다.

조식인데도 음식은 화려하다. 바다 주변을 둘러싼 고층의 비싸 보이는 건물 중에는 일본인이 소유한 것이 많다고 한다. 서울 강남 못지않게 집값이 비싸다. 일본인들은 지진에 대한 불안으로 해외에 있는 땅이 본토 땅보다 몇 배가 많다. 가장 가까운 부산이 일본인의 피난처 대용으로 사 둘 만한 조건이다.

도시가 발달하는 데는 가장 큰 조건이 물이다. 강과 바다를 낀 도시는 물류와 교통의 요지가 된다. 부산과 인천이 대도시가 되어가는 이유다.

아침을 먹고 호텔 사우나를 이용할 수 있는데도 일행은 바닷가를 내려다보며 쉬기로 했다. 옷 벗고 화장하고 하는 게 귀찮아서다.

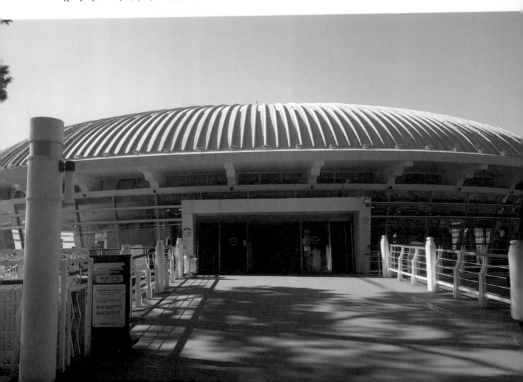

동백섬에 APEC 회의장으로 쓰였던 누리마루는 멀리서 봐도 근사하다. 어디서든 문화해설사가 따라다니며 설명해 준다. 전통 건축물을 형상화한 이 건물은 APEC 정상회의장 중에 가장 아름답다는 평가다. 역시 우리 국민은 한다고 하면 뭐든 잘 해내는 잠재력을 가지고 있다.

동생들을 배우로 만들어 주는 사진을 찍어 주었다. 우리 어머니는 딸들이 예쁘게 꾸밀 줄은 모르고 일만 할 줄 아는 게 불만이었다. 이날만큼은 새로운 모습으로 변신시켜 주고 싶어 비장의 무기를 가져왔다. 화려한 스카프다. 너무 화려해 촌스럽기까지 한 스카프로 머리만 감싸 주어도 전혀 다른 모습의 사진이 나온다. 내가 여행 중에 즐겨하는 일이다. 처음엔 망설이던 동생들이 전혀 다른 사진 속 자기 모습에 환성을 지른다. 연출하는 포즈를 취하더니 영화배우가 되어간다. 중년 여인들이 화보 촬영하는 모습이다. 나이 든 여자들은 대체로 사진 찍기를 싫어한다. 진실을 대면하면 충격을 받기 때문이다. 그러나 예쁘고 젊게 보이는 사진 찍기 비법이 있다. 화려한 옷이나 스카프를 두르고 선글라스를 쓴다. 입을 크게 벌리고 환하게 웃는다. 자신 있게 몸동작을 크게 한다. 이렇게만 해도 20년의 나이를 뺄 수 있다. 동생들은 새로운 자기 모습에 반해 한 장도 빠짐없이 사진을 보내 달란다. 크게 확대해 거실에 걸어 놓겠다고 한다. 즐거운 시간이었다.

부산 아쿠아리움에 갔다. 물속에서 하는 인어 공연도 보았다. 기념품 파는 곳에서도 개에게 줄 장난감만 보고 있는 동생을 보며 늦게 개와 사랑에 빠진 모습에 모두가 웃었다. 나는 조금 외롭더라도 개와 사랑에 빠지지 말아야지 했다. 개를 싫어해서가 아니라 책임질 자신이 없어서다.

5. 작은 도시에 큰 명성 - 청도

점심을 회 정식으로 거나하게 먹고 부전역을 출발해 청도역에 도착했다. 청도는 인구 몇만이 사는 작은 군이다. 그러나 인지도가 높다. 벤치마킹에 성공한 군이다. 청도 하면 떠오르는 이미지가 많다. 새마을운동의 본고장, 청도 반시 감, 감 와인터널, 소싸움, 미나리, 복숭아, 요즈음은 레일바이크가 뜨는 중이다. 지난번에 아들이 패러글라이더를 태워준 곳도 청도다.

넓은 강 위에 다리를 예쁘게 만들어 놓았다. 레일바이크 입구는 무지개색으로 단장했다. 여기저기에 적당한 글귀의 시비가 있다.
구름다리는 사진 찍기 좋은 배경이다.

레일바이크를 타러 오는 사람들이 많다. 주로 가족이나 연인이다. 산세를 이용해 만들어진 레일바이크는 해방감을 준다. 100년의 역사가 있다는 와인 동굴은 일본이 기차 터널로 사용하기 위해 만든 곳이다. 예전에는 감와인 동굴로 사용했다. 지금은 감와인 체험장으로 관광객을 유치한다. 술을 담그면 6년을 기다려야 한다. 여기서는 만들어진 술을 시음하고 필요하면 사 간다. 여행사 측에서 팀당 한 병씩 사주었다. 만들어진 술을 담고 마개만 봉하는 것으로 체험을 대신했다.

네 자매를 사진 찍어 상표로 붙여주었다. 청도 감은 지역적으로 감 씨가 없다. 동생이 단감을 사러 다녔다. 단감과 반시를 구별하지 못해서다. 단감은 따뜻한 진영에서 나오고 청도에서는 홍시가 나온다. 손자에 빠진 동생은 6

개월 된 손자에게 주려고 손가락만 한 까만 고무신을 샀다. 스님이 그림을 그렸다는데 어지간한 메이커 운동화값이다. 신발이 아니고 작품이다.

저녁은 산 위에 있는 음식점이다. 주변 경관이 아름답다. 조경도 잘해 놓아 이곳에서는 명소인 듯하다. 이 음식점은 한우 떡갈비가 유명하다고 한다. 반찬과 다양한 음식으로 상은 화려하게 했지만, 모두는 다른 음식점에 비해 맛있게 먹는 표정이 아니다. 아무거나 잘 먹는 나도 그랬다. 음식 전문가인 동생은 그동안 먹었던 음식에 비해 가장 맛이 없었다고 한다. 떡갈비는 속이 익지 않았고 반찬은 양념이 스며들지 않았다는 것이다. 대부분 주요리인 떡갈비를 남겼다. 우리도 그랬다. 먹고 나오는 일행 중의 한 명이 주방에 가서 경고했다고 한다.

"내일부터 주방장 잘렸네."

"안 잘릴 수도 있어. 본인이 사장인지도 모르잖아."

요즈음은 모두가 미식가고 음식 평론가라서 장사하기 어렵다. 누구나가 무서운 무기인 핸드폰 사진기와 인터넷을 가지고 다녀서다.

6. 하루가 태어나는 정동진의 해돋이

기차는 밤새도록 덜커덩거린다. 청도에서 정동진으로 가는 중이다. 정동진 해맞이를 보기 위해 밤새도록 간다. 흔들리는 기차 소음도 조금은 익숙해지고 피곤해 잠이 왔다 갔다 한다. 강원도라서

속력을 높이지도 못한다. 어둑어둑한 새벽에 기차가 멎었다. 정동
진이다. 바다가 불그레하다. 오늘 하루 태양이 태어나는 순간이다.
다행히 날이 좋아 찬란한 순간이 환희다. 정월 초하루 이 태양을
보기 위해 밤새도록 달려온다는 사람
들이 있다. 태양은 언제나 제자리에서
뜬다. 다만 우리의 마음이 동서남북 여
기저기 헤매고 다닐 뿐이다.

바다가 보이는 그랜드호텔 레스
토랑에서 황태해장국으로 아침을
먹었다. 호텔에서의 해장국은 조
화롭지 않은 것 같지만 정복을 입
은 종업원들의 정중한 서비스는
대접받는 느낌을 준다. 그랜드피아노를 치는 까만 옷을 입은 여
인. 돈의 무서운 힘을 진즉 알았다면 내 삶이 더 풍요로워졌을까?

정신이 더 피폐해졌을까? 이 나이에 더 이상 고뇌하지 않기로 했다. 지금, 이 순간을 감사하며 즐기기로 했다. 그때그때 열심히 살았고 그게 나에게 주어진 길이었다고 믿기로 했다.

우리 네 자매는 망상해수욕장 카페에서 우아하게 차를 마시고 바닷가를 걸으며 수다를 떨었다. 일행 중에 처음부터 호기심을 느끼게 했던 중년 커플에게 은근히 관심이 간다. 정상 부부의 표정과 비정상인 부부의 표정이 다르다는 것을 여자들은 본능적으로 안다.

"저 남자 표정이 저렇게 활짝 밝게 웃는 걸 보니 부부는 아니야. 부부에겐 저런 표정이 안나와. 오래된 사이는 아니고 이제 사귄 지 얼마 안 된 사이 같아."

익산 똑똑이 동생의 판단이다. 그러고 보니 환희에 찬 남자의 표정과 귓속말을 하는 행동, 자상하게 에스코트하는 모습이 일상의 남편들에게서 볼 수 있는 행동은 아니다.

신선들이 노닌다는 무릉계곡에 갔다. 주변은 많이 상업화되었지만, 바위와 계곡은 그

대로다. 넓은 바위에 글자가 무수히 새겨있다. 옛 선조나 지금 그 후손들이나 무언가 자기의 행적을 남기고 싶어 했던 건 유전인가 보다. 세계 유적지에 이름을 써놓고 와 국제적인 망신을 당하기도 한다. 금강산에서도 잘생긴 바위마다 김일성 수령 만세라는 글씨가 제일 눈에 띈다. 이제는 우리도 성숙한 인격을 가진 국민이었으면 한다.

7. 돌아올 집이 있어 여행이다

집을 나왔으니, 집으로 돌아가야 한다. 돌아갈 집이 없다면 여행이 아니라 방랑이다. 기차는 태백에서 서울로 향한다. 고랭지 정기를 담은 태백산 한우구이로 마지막 점심을 먹었다. 하루 한 끼는 가장 유명하다는 한우를 먹었다. 그러나 나오는 방식이 다르다. 광양은 불고기, 청도는 떡갈비, 태백은 구이다.

태백은 주력사업인 석탄이 사양길에 들어가면서 지역 경제가 무너졌다. 해마다 열리는 눈 축제와 가장 높은 곳에 있어 유명해진 추전역, 탄광 자리에 만들어진 석탄박물관도 볼만하다. 산세가 장관인 곳이 많아 사람들이 찾는 곳이지만 사람 살기에는 좋은 조건은 아니다. 사람이 모이는 곳은 뭐니 뭐니 해도 머니가 잘 돌고 먹을 게 많아야 한다. 그 대책으로 카지노를 허가 했지만, 기업만 돈을 벌고 지역 인심은 더 각박하다. 국가에서 인정해 주는 허가 난 노름판은 많은 사람을 망하게 했다. 돈만 잃은 게 아니다. 정상적인 생활을 못 할 정도로 정신을 황폐화했다. 도박에 빠지면 이대 나온 여자나 초등학교 나온 여자나 서울대 나온 남자나 무지렁이나 똑같다. 도박을 말리러 갔던 아내까지 중독에 빠져 부부가 노숙자가 되었다는 전설 같은 이야기들이 무성하다. 차라리 여행 중독에 빠지는 게 나을 것 같다.

올라오는 기차에서 그동안 승무원들이 찍은 사진과 다니면서 즐겼던 모습을 담은 USB를 팀별로 주었다. 다 같이 모여 퀴즈 풀이

하면서 상품도 주고 그동안 다녔던 곳의 영상도 보여준다. 여행 상
품에 대한 재구매 설문조사와 안내도 한다. 설문지에 가격을 대중
화시켰으면 좋겠다고 적었다. 계절 별로 가장 아름다운 곳을 가기
에 여행지가 다르다고 한다. 한 번쯤은 자신을 호강시켜 볼 일이
다. 때로는 그게 활력이고 추억이고 긍지가 되기도 한다.

3일 동안 너무 열심히 먹었다. 3킬로를 늘게 해주겠다는 승무원의 예언처럼 정말 몸무게가 늘어났는지 행동이 둔하다. 동생들과의 일상 탈출은 허물없는 사이라서 좋았다. 다리 흔들리기 전에 부지런히 다니자고 기차 결의했다.

4 칠 남매 남해를 돌다

1. 칠 남매가 모이다

맏딸인 내가 결혼해 친정에 처음 갔을 때 여섯 명이나 되는 동생들 선물은 축구공, 학용품, 장난감이었다. 이제는 같이 늙어간다. 그중에 제대로 남은 부부는 한 팀이다. 더 이상 만날 시간이 많지 않다는 위기감이 든다. 1년에 한 번쯤은 남아있는 사람이라도 만나자고 한다. 칠 남매가 한 달에 5만 원씩 내게 여행비를 보내 저축해 놓는다. 이번에는 남해를 가기로 했다. 3박 4일의 일정이다. 5월 초 어린이날과 어버이날 연휴를 낀 날이다. 직장 다니는 동생은 연차를 쓰고 모이기로 했다. 5개월 전에 숙소를 예약했다. 서울·경기에 사는 동생 5명은 기차로 익산에 도착했다. 막둥이가 12인승 승합차를 빌려 익산역에서 기다렸다. 익산에 사는 셋째 동생이 음식을 준비하고 필요한 물건을 사 차에 싣고 가기로 했다. 어머니를 똑 닮은 셋째는 음식 솜씨도 그대로 물려받았다. 큰 회사에 조리사로 있다. 일이 있을 때면 김치며 반찬을 손수 만든다. 먹고도 남아 바리바리 싸준다. 남편이 위암으로 떠나 혼자 산다. 자식 셋이 주변에 살아 직장에 다니면서도 손주를 키웠다. 손주들이 다 커버려 이제는 개 두 마리가 기쁨을 준다고 한다. 평생 돈을 벌어 가장 노릇을 한 동생이다. 시누이 시동생과 시어머니 아홉 명의 시집 식구를 보살펴야 하는 몹시 어려운 집 맏며느리다. 떠난 남편이 미운 건 돈을 벌어주지 못해서가 아니다. 죽는 순간까지 고생시켜 미안하다는 말 한마디를 안 해서란다.

　우리는 딸 넷에 아들 셋을 기른 어머니의 팔팔한 목소리를 닮았다. 같이 모이면 떠드는 소리가 어지간하다. 우선 부모님이 묻힌 공원묘지에 갔다. 선산에 모셨던 것을 몇 년 전에 공원묘지로 이장했다. 선산 가까이 사는 동생이 벌초하다 사고를 당했다. 이후 형제들이 형편껏 부담해 공원묘지로 옮겼다. 참 잘한 것 같다. 부모님이 좋아하셨던 것들을 놓고 인사를 드렸다. 피자가 놓인 건 피자를 먹어보고 싶다는 아버지의 말씀 때문이다. 30년

전이다.

　어렸을 때 겪은 사건·사고들이 이제는 추억이 되었다. 돌아가신 부모 나이쯤이 되어가니 부모 마음을 이해한다. 다행히 형제들이 모이면 웃고 떠들고 즐겁다. 부모님이 많지 않은 유산을 아들 셋에게만 주셨다. 딸 넷은 모두 어려운 집에 시집가 맏며느리 노릇을 하고 살았다. 모두 열심히 살았다. 아들들은 유산을 지키지 못했다. 그래도 서로 탓하지 않고 우애가 깊은 건 부모의 삶을 보고 자라서. 막둥이는 부모와 형제에게 풍파를 일으켜 큰 피해를 주고 걱정을 끼쳤다. 나이가 들어 마음이 안정되었는지 승합차 운전을 편안하게 한다. 몇 번의 경제 사고로 이혼하고 혼자 사는 모습이 안쓰럽다. 부모님이 제일 많이 기대했던 동생이다.

　기다리는 사람도 없어 국도를 타고 남해를 향했다.

2. 상처 난 삶을 오색으로 묶다

광양시에서 옥룡면 신재로는 산속이다. 계곡을 끼고 있는 숙소
는 여름 성수기가 아니어서 싸게 구했다. 칠 남매와 두 명의 올케
가 같이해 아홉 명이 3일 동안 지내야 해서 넓은 집이 필요하다.
산속이다. 초록이 무성하고 주변엔 사람이 없어 목소리 큰 형제들
이 마음껏 떠들어도 되었다. 서울에 사는 넷째 여동생은 부모의 사
랑을 제일 많이 받았다. 넷째는 욕심도 많고 일도 잘하고 싸움도
잘했다. 다른 자식들은 모두 순해 남한테 지기를 싫어하는 어머니
맘에 들지 않았다. 넷째는 살림도 야무지게 잘하고 친정 부모, 시
부모, 형제간에도 잘했다. 잘 베풀어 복을 받았다. 결혼할 때 버스
기사였던 남편은 버스회사 사장이 되었다. 아들 둘도 잘 되었다.
지금도 가장 많이 베푼다. 여행 중에도 찬조금도 두둑이 내고 맛있
는 떡을 넉넉히 주문해 내내 먹고 집마다 싸준다.

밖에서 삼겹살을 구워 먹는 즐거움은 코로나 이후 오랜만이다.
막둥이가 오가피 잎과 뽕잎을 한 자루 얻어왔다. 삶아서 무쳐 먹
고, 쌈 싸 먹고, 나물로 만들어 요긴하게 먹었다. 회비를 모아 여행
지를 물색하고 계획하는 건 내 몫이다. 여행 중에 돈 관리를 맡는
총무는 막내 여동생이다. 올해 환갑인 총무의 권한이 대단하다.

막내 여동생은 어머니가 낳지 않으려고 무던히도 애썼다. 낙태
된다는 약초는 모두 구해 먹었다. 자식이 여섯이나 되니 있는 자식

도 많았다. 그런데도 악착같이 이 세상 빛을 보았다. 죄책감이 생긴 어머니는 막내가 태어날 때 혹시 기형이 아닌가 싶어 불안해하며 손가락 발가락 확인부터 하셨다. 막내 여동생은 100% 여성적인 여자와 100% 남성적인 남자가 서로 다른 점에 빠져 어린 나이에 멋모르고 결혼했다. 부모의 반대에 내가 결혼시켰다. 내 집에서 직장을 다니던 때다. 마초 기질의 제부는 직장 적응이 어려운 사람이다. 사업한다고 가족을 밑바닥으로 내몰았다. 동생이 직장에 다니며 두 아들을 잘 키워 결혼시켰다. 이제는 자리를 잡았으나 졸혼 상태다. 제부는 혼자 나가 돈을 벌어 살면서도 자식과 가정을 위해 한 푼도 쓰지 않았다. 가족한테 소외당한 이유다. 지금은 들어오고 싶어 하지만 자식도 아내도 받아주고 싶어 하지 않는다. 어렸을 때부터 나를 가장 힘들게 했던 둘째 남동생은 몇 년 전에 폐암으로 먼저 갔다. 부모님은 동생의 결혼을 반대하셨는데 서로 사랑한다니 우리 부부가 결혼시켰다. 우여곡절의 어려움이 많았던 동생의 삶에 항상 조바심을 가졌다. 혼자 남은 올케가 왕 시누인 내게 손수 만든 예쁜 조끼를 만들어 주었다. 다른 시누이한테는 손가방을 만들어 선물했다. 먼저 간 동생은 형제들한테 물질적인 피해를 많이 끼쳤다. 서로가 안 좋았던 기억은 묻어 버리고 남아 있는 사람끼리 서로 위로하고 즐겁게 지내야 하는 시간만 남아 있다.

3. 상처에 치료 약은

　일행에 처음부터 합류하지 못했던 첫째 동생이 늦게 도착했다. 병원 진료로 늦게 온 것이다. 장남인 첫째 동생은 어렸을 때 부모님 속을 많이 썩였다. 장남인 동생은 아버지한테 매를 많이 맞았다. 아버지는 공부하기 싫어하는 장남을 매로 때려서라도 공부시키려 하셨다. 7학년까지 다니며 겨우 이류 중학교에 합격했지만, 한 학기도 못 다니고 퇴학당했다. 아버지가 무서워 집에서는 학교에 간다고 나와서 학교 뒷산에서 놀다가 왔다. 고생시키면 공부하겠지 싶었는지 아버지는 아들이 먹을 쌀을 보내주며 장롱 만드는 공장에 보냈다. 매우 힘들게 일을 시키라고 공장 주인에게 부탁하셨다. 그만큼 고생했으면 공부하는 게 얼마나 편한지 알겠지. 그러면 공부를 열심히 하겠다고 빌겠지 하는 희망을 가지셨다. 그런 기대를 하며 동생을 데리러 가셨다. 동생은 공부보다는 그 일을 하겠다고 했다. 지금은 전문 인테리어 사장이다. 자식 셋을 잘 가르쳤고 70살이 넘어도 전국으로 불려 다닌다. 어렸을 때부터 자기 앞길을 선견지명 있게 선택했다며 큰소리친다. 머리가 나쁜 게 아니고 소질이 달랐다. 장남 노릇 하느라 고생도 많이 했다. 큰 올케도 사느라고 애썼다. 재미있게 살만하니 59살에 대장암으로 떠났다. 부모님 묘소에 다녀오면서 큰 올케의 봉안당도 들려왔다. 큰올케가 떠난 지 10여 년이 지났다. 몇 년 전부터 동생이 사귀고 있는 여자를 데리고 왔다. 처덕이 좋은지 죽은 올케도 좋은 여잔데 새로 만난 여자도 좋은 여자다. 둘은 동거는 하지 않고 각자 살면서 서로 도와주고 기일 때는 음식도 해 주고 모임 때는 같이 동석하는 모습이 좋아 보인다. 동생도 몰라보게 많이 달라졌다. 아내를 잃고 나서 삶의 방향이 바뀐 것이다. 멋도 부리고 어울리지 않은 빨간 스카프를 커플로 두르고 다정하게 사진도 찍는다. 사느라고 바빠 아내하고는 한 번도 같이한 시간이 없었던 게 후회되었다고 한다. 우리도 떠난 올케가 고생 많이 했다고 미안해하면서도 지금의 여자 친구와 행복하게 지내길 바란다. 동생 여자 친구가 다슬기를 잡았다며 수제비를 해주어 모두 맛있게 먹었다. 오래도록 건강하기만을 바라는 마음이다. 어떻게 생각하면 조화롭기 어려운 모임이다. 산전수전 다 겪고 남은 자들의 만남이다. 이제는 즐겁게 지낼 시간이 많지 않음을 알기에 상처를 봉합하고 즐겁게 떠들고 먹는 이 시간이 소중한 것이다.

남해에 들어가 원예예술촌에 갔다. 탤런트 박원숙 씨가 살고 있다는 마을로 유명하다. 유명한 관광지가 되어 입장료도 받는다. 기대 이상으로 예쁘게 꾸며져 있다. 꽃과 잘 다듬어진 나무와 조형물

들이 색색으로 아름답고 조화롭다. 외국 정원 못지않다. 힐링 그 자체다. 분수와 동화같이 예쁘게 지은 집과 어린아이들이 좋아할 동물 모형도 평화롭게 했다. 화사한 꽃을 배경으로 기억될 사진을 많이 찍어 주었다.

4. 고생을 보답하듯 만든 독일마을

예술촌 옆에 독일마을이 있다. 1960년대 우리나라가 지금의 아프리카 같은 경제 상태에 있을 때 외화벌이를 위해 탄광 광부와 간호 보조사들이 독일에 파견되었다. 경제를 일으키려면 돈이 있어야 하는데 받을 가망이 없는 우리나라에 돈을 빌려주겠다는 나라가 없었다. 박정희 대통령은 파견근로자들의 임금을 담보로 차관을 받았다. 그들의 고생으로 마중물이 된 우리의 경제발전은 세계 어디에서도 찾아보기 어려운 기적이라지만 그건 기적이 아니라 우리 민족성의 위대함이다.

동창 친구도 고등학교 졸업 후 6개월 단기 교육 후에 독일에 갔다. 독일로 유학하러 온 남자를 만나 독일에서 공부하고 정착했다. 지금은 독일에서 인정받는 사업가가 되었다. 위기를 기회로 만든 것이다. 독일에 나가 있던 사람들이 귀국해 정착할 수 있도록 국가에서 이곳에다 독일풍의 건물을 짓고 관광지로 만들었다. 당시만 해도 독특한 모양의 집들이 사람들의 호기심을 끌었다.

나비 생태관에 들렀다. 흔하게 보던 나비를 돈 주고 봐야 하는 게 시대의 변화다. 그러고 보니 이처럼 꽃이 흐드러진 곳에 벌도

나비도 보이지 않는다. 어느 생태학자가 벌이 사라지면 인간은 식량난으로 멸망할 거라고 하던 경고가 생각나 갑자기 두려워졌다. 생태관에도 어렸을 때 보아온 다양한 나비가 없다. 내가 농장을 하던 20년 전만 해도 벌과 나비는 귀찮을 정도로 많았다.

우리는 특별하게 예약한 곳이 없어 지나다가 눈에 띄면 들어가 본다. 편백 숲에 갔다. 경로우대로 입장료가 면제나 할인되어 좋다. 텐트촌에는 젊은이들이 자리하고 있다. 준비 없이 들어간 우리는 피곤하다며 그냥 앉아 쉬었다. 천천히 산책해도 좋을 것 같은데 무릎과 허리가 아프다며 걷기를 거부한다. 싸 들고 온 떡과 과일들을 펴 놓고 깔깔거리며 아직도 할 말이 남았는지 계속 떠든다. 앞으로는 이렇게 다 모일 수 없을지도 모르니 일 년에 두 번씩 만나자는 제안이 들어왔다. 서울·부천·시흥·안산·익산·전주에 사는 형제들이 3일 이상 시간을 내어 만나기는 쉽지 않다. 앞으로는 다 모일 수 있을지도 모르는 일이다. 이중에도 먼저 떠난 짝들이 네 명이나 된다.

점심 식사는 남해에 왔으니 멸치회와 멸치찌개를 먹어봐야 한단다. 바다에 살지 않은 우리는 멸치회를 먹을 기회가 없었다. 작은 멸치로 회를 뜨는 게 가능할까 싶은 호기심도 있다. 멸치회를 잘한다는 음식점에 갔다. 멸치로 회를 떠 야채와 무쳐 나왔다. 생멸치찌개도 얼큰하다. 여행은 새로운 음식과 새로운 경험이 있어 좋다. 돌아오는 길에 슈퍼에 들러 토종닭을 샀다. 저녁 메뉴는 닭백숙과 닭죽이다. 손이 큰 넷째 동생 주방장은 닭백숙 재료를 엄청나게 준비해 와 그야말로 몸보신이다. 끊임없이 먹을 것을 준비하고 내놓고 먹는 잔치에 어머니의 모습을 본다. 딸은 나이 들수록 어머니를 닮아간다.

5. 『토지』의 배경이 된 최참판댁

인테리어 사장 동생이 하는 말이 공부 잘했던 친구들이 지금 노

인정에 있거나 양복 입고 낚시터를 기웃거린다며 아직도 일할 수 있음에 자부심이 대단하다. 결혼은 안 하고 애인으로 같이 지내는 여자도 결혼 10년 만에 자식 셋을 남기고 남편이 세상을 떠났다 한다. 혼자 자식을 키우고 혼자된 친정아버지를 20년 넘게 모셨다고 한다. 이제라도 남은 삶은 못다 한 사랑을 나누며 잘 지내기를 바란다. 가진 것은 없지만 속은 썩이지 않을 것이라며 죽은 올케의 친한 친구가 동생을 소개했다 한다. 젊어지고 활기찬 동생의 새로운 모습을 보니 사람은 살아있는 한 변할 수 있다는 증거를 보는 것 같다. 네 명의 시누이 사이에 혼자 기죽어 있던 정식 올케는 가식 올케가 오니 기가 살아 보인다. 둘이 설거지하는 모습에 가재는 게 편이라더니 그런가 보다.

총무를 맡은 막내는 몇 번을 계산해도 10만 원이 빈다며 전전긍긍이다. 모두가 기억을 싸매도 십만 원의 사용처를 찾지 못했다. 귀신이 곡한다더니 정말 곡하게 생긴 일이다. 일곱째의 막내가 올해 환갑이다. 형제가 다 모인 자리에서 환갑 기념식을 했다. 센스 있는 큰동생이 아침 일찍 산에 가서 야생화로 꽃다발을 만들어 왔다.

"역시 자상한 큰 오빠가 최고야." 코가 막힌 소리로 애교를 부린다. 나는 오빠 언니가 없어 혼자 들판에 서 있는 느낌으로 살았다. 시내를 몇 바퀴 돌아 케이크를 샀다. 박수 치고 샴페인을 터뜨린다. 있는 과일을 상에 수북이 쌓아놓고 막내의 환갑을 축하했다. 막내가 환갑이라니 갑자기 세월이 로켓을 탄 것 같다.

화개장터에 가고 싶다고 해 나섰다. 너무 일찍 도착해 이제야 문을 여는 장터는 사람이 없다. 예전의 모습이 아니다. 조영남 씨의 화개장터 노랫말로 급조해 만들어진 장터는 가을이 되어야 풍요롭다. 처음 보는 동그란 버섯을 맛보다가 몇 봉지 샀다. 예쁘게 보이는 신발을 회비에서 한 켤레씩 샀다. 여행은 뭐니 뭐니 해도 먹고 돈 쓰는 재미다.

큰동생이 전주의 유명한 모주를 가지고 왔다. 술을 못 마시는 형제들은 대신 모주를 차처럼 마셨다. 전에 마셔본 모주의 맛과 다르다. 비법을 물었더니 막걸리에다 계피와 감초, 대추, 흑설탕을 넣고 끓이면 맛있는 모주가 된다고 한다. 이건 술이 아니고 약이다. 시원하게 마셔도 좋고 따뜻하게 마시면 더 맛있다. 집에 가서 꼭 해봐야겠다.

최참판댁 마을은 박경리 소설 『토지』의 배경을 이곳에 그대로 재현해 놓았다. 지자체에서 꾸며놓은 최참판댁은 『토지』에 나오는 환경과 배경을 만들어 놓아 소설을 현실처럼 믿게 했다. 소설에서 일어난 사건 사고의 스토리와 주인공들의 집도 만들어 문패까지 달아놓았다. 박경리 문학관도 만들어 관광객을 부른다. 이제는 공장 하나를 짓는 것보다 문화적인 콘텐츠가 돈을 불러들이는 사업이 되었다.

6. 한국산 치즈의 고장 - 임실 치즈마을

　유치원에 다니는 손자가 있는 동생이 손자를 위해 청학동에 홈스테이를 신청했다며 가보고 싶어 했다. 80년도에 청학동은 유명한 관광지였다. 이제는 놀이공원과 화려한 관광지가 많이 생겨서인지 젊은이들의 정서가 달라서인지 청학동을 찾는 사람이 많지않다. 주변 상권도 썰렁하다. 서당을 운영하며 어린이들의 인성을교육하는 곳으로 유명하다. 훈장한테 회초리를 맞아가며 공부하는게 당연시되던 시대와 달라져 지금은 공부라기보다는 체험 정도의코스다.

　칠 형제가 짝까지 모이면 14명이지만 여기 모인 건 9명이다. 남아 있는 형제의 100%다. 내년에는 또 무슨 사정이 있어 이 중에서도 참석하지 못할 안타까운 일이 있을지 모른다며 단체 사진을 찍었다. 막내가 환갑이고 보니 모두 내일을 확신하지 못하게 된 것이다.

점심은 회를 먹기로 하고 광양 중마시장에 우르르 몰려갔다. 큰 시장도 아닌데 생선도 많지 않아 뒤돌아 나오는데 목소리 큰 아줌마가

"잘해줄 거니 여기 앉으시오." 하고 명령하듯 소리친다. 그 바람에 주눅이 들어 야전 식당에 들어가 앉았다. 횟집에 가면 회보다 부재료로 나오는 서비스 음식을 더 좋아한다. 이곳은 주문한 회만 덤벙덤벙 썰어 나왔다. 법적 유일한 올케가 5년 적금을 탔다고 한턱내겠다고 한다. 착한 시누이들이 말렸다. 회 값이 너무 많이 나와서다. 예상보다 많이 나온 회 값에 왠지 바가지 쓴 기분이다. 이런 날 기분 상하지 말자며 팁까지 주고 나왔다. 그 돈이면 지저분한 시장바닥이 아니라 우아한 곳에서 내가 좋아하는 곁들이 반찬을 실컷 먹을 수 있었는데. 잘 먹기는 했지만, 기분이 상쾌하지 않다.

올라오는 길에 임실 치즈마을에 들렀다. 축제 중인데 사람이 많지 않다.

임실치즈는 일반 공장에서 나오는 치즈와는 다르다. 산양유로 만들었다. 1967년에 아주 깡촌인 임실 성당에 부임하게 된 벨기에 출신 디디에 엇세르스테번스 신부가 (우리나라 이름 지정환) 이곳의 가난을 해결하고자 산양 2마리를 벨기에에서 들여왔다. 산뿐인 임실에서 할 수 있는 것은 양을 키우는 일이라 생각한 것이다. 당시에는 생소한 치즈를 생각한 것이다. 많은 시행착오와 실패를 거듭하다 오늘에 이른 것이다. 일반 치즈와 맛이 다르고 가격도 비싼 편이다. 큰동생이 모두에게 치즈를 사 주었다. 가족들과 놀러 와도 좋은 풍경이다. 예쁘게 잘 다듬어진 조경과 양 조형물은 어린이들이 좋아할 것 같다. 직접 주문받아 화덕에 구운 피자도 맛있었다. 치즈마을은 마을 전체가 산양을 키우고, 치즈를 만들고, 체험학습을 운영하면서 지역 모두가 같이 부자가 되어가고 있다. 정의가 환히 빛난다는 이름의 뜻처럼 신부님은 한국 사람으로 농민과 장애인을 위해 살다가 2019년에 88세로 선종했다. 이곳에 그분의 형상이 있다.

7. 익산의 미륵사지는 무슨 인연이 있나

여행 중에 가장 재미있는 건 재래시장 구경이다. 딱히 살 것도 없지만 사람 구경, 옛 물건과 향수를 불러내는 뻥튀기, 늘어져 있는 야채, 옛날에 먹었던 추억의 과자들을 만날 수 있어서다. 이날은 삼례시장 장날이라 아홉 명은 줄을 서 구경 다녔다. 모종, 꽃, 묘목, 먹거리들이 친근하다. 이미 짐이 많아 더 살 수도 없다.

우리는 어머니가 만들어 주신 피순대 맛을 잊지 못한다. 크고 작은 마을 일, 소·돼지를 잡는 일, 명절놀이 등은 마당이 넓은 우리 집에서 치렀다. 돼지 잡은 날에 돼지 피를 양념해 직접 만들어 주시던 순대의 맛이 생각난다. 똑같지는 않지만 비슷하게 순대를 만든다는 음식점에 갔다. 일부러 점심시간을 피해 갔는데도 사람이 많다. 순대 맛이 달랐다. 음식값이 많지 않아 점심은 올케가 사는 거로 했다. 꼭 밥 한 끼 사고 싶다고 하면 맛있게 먹어주는 것이 좋은 관계를 유지하는 비결이다. 순댓국도 맛있었다. 다들 이번 여행에 3킬로는 살이 쪘다며 집에 가서 한 달은 굶어야 한다고 엄살이다. 그러나 이렇게 모여 즐거운 날에 살이 좀 찐들 대수냐 싶다.

예매한 기차 시간이 여유로워 익산 미륵사지에 가보자고 했다. 미륵사지는 3번째다. 처음 왔을 땐 허허벌판이었다. 두 번째 왔을 때는 공사를 시작하는 듯 뼈대만 앙상했다. 이번에는 두 개의 건물이 완성되어 있었다. 백제 무왕 당시에 가장 큰 사찰이었다고 한다. 그곳에서 출토된 웅장한 석조들이 이름표를 달고 진열된 게 어마어마하다. 옛 모습을 재건하는데 그곳에서 나온 돌들을 사용하지 않고 현대식으로 짓고 있다. 깔끔하고 단아한 모양인데 너무 현대적이어서 편안한 마음이 들지 않는 건 나만의 느낌일까? 박물관도 잘 지어져 있다. 어디를 가나 휴게소가 더 멋있다. 드넓은 공간과 잔디가 확 트인 시원한 느낌이라서 여유로워 보인다. 완성되었을 때 다시 와 봐야지. 무슨 인연으로 이곳이 마음 쓰이는지 모르겠다.

일정이 끝나고 막둥이는 익산역에 우리를 내려놓았다. 네 명은 익산과 전주에, 다섯 명은 경기도와 서울에 산다.

용산역에서 일정을 마쳤다. 서울 동생이 기차 선반에 짐을 올려놓고 그냥 내렸단다. 역에 전화했더니 그대로 있다고 해서 다음 날 찾았다고 한다. 우리나라 참 좋은 나라다.

5 서울 나들이

1. 서대문형무소 역사박물관

독립문역에서 내려 주변을 둘러보니 웅장한 벽돌담과 폭탄이 떨어져도 부서지지 않을 것 같은 붉은 벽돌집이 보인다.

이럴 때 생각나는 동생뻘 되는 친구에게 전화했다. 여행 룸메이트로 만난 사이다. 역사의식이 남달라 대화가 통하는 친구다. 같이 있으면 많은 이야기를 나눌 것 같았다.

"형님 그곳은 혼자 생각하면서 천천히 보는 게 좋아."

그녀의 의미 있는 거절에 그야말로 천천히 아픔을 감상하기로 했다. 입구에 들어서자,乙巳五賊(을사오적)의 사진이 전시되어 있다. 반듯한 모자와 가슴에 주렁주렁 달고 있는 훈장. 카리스마 있는 근엄한 사진이 내 속을 뒤집어 놨다. 나라를 일본에 팔아먹은 그들은 다름 아닌 이 나라 충신이라고 믿었던 고위직 신하들이다.

그동안 부귀영화를 누렸던 양반 관료다. 더욱이나 그들의 모습은 아무런 가책도 느끼지 않는 모습이다. 스스로가 자랑스럽다는 듯 당당한 얼굴이라서 더 화가 난다. 그런 역적의 모습을 굳이 이곳에 전시해야 하는지. 아니, 나라를 팔아먹은 대가로 처참하게 된 모습을 전시해야 하는 게 정상일 것이다. 그런데도 아직도 그들의 후손도 지금의 이 나라에서 훈장을 달고 있다는 게 더더욱 화가 난다. 무언가 많이 잘못된 것이다. 지금의 이 혼란스러움과 정체성의 문제는 친일파를 정리하지 못한 후유증이다. 친일파가 정계에, 학계에, 교육계의 높은 자리에서 활동하게

해 놓은 우리 역사의 치명적인 허술함에 있다. 해방 이후에 친일파의 후손이 애국자로 변신하여 정치와 권력을 잡았다. 자기들의 약점이 드러날까 봐 애국지사의 후손들을 고문하고 죽였던 일들은 허다했다. 아는 사람들은 다 알고 있는 사실이다. 친일파 후손들은 일본에 유학 가고 재력이 있어 자식들을 가르쳤지만, 애국지사들의 자손들은 있는 것 다 빼앗기고 숨어 살아야 했다. 아버지가 없어 구걸하고 핍박받으며 살아내야 했기에 배울 기회도 없었다. 그러니 애국하면 삼대가 빌어먹는다는 진리 아닌 진리가 국민 사이에 퍼져 있다.

이완용. 이근택. 권중현. 박제순. 이지용.

이 씨가 왕이었던 시절 나라를 팔아먹은 주요 인물 다섯 명 중에 이 씨가 세 명이나 된다니 그것도 씁쓸하다.

0. 애국지사 고문 틀에 다리가 후들거린다

서대문 역사박물관은 모두가 알고 있는 형무소다. 대부분 사람은 지금도 역사박물관보다는 서대문형무소가 빨리 인식된다. 우리 역사에서 아픈 기억들로 사람들의 입에 오르내렸기 때문이다. 일제 치하에서는 애국지사를 고문하고 사형시켰다. 해방 후에는 자기와 뜻이 다른 정적들을 누명 씌워 제거하는 데 사용한 장소다. 군사독재 하에서는 자기들의 권력을 유지하기 위해 민주 인사를 간첩 누명 씌워 사형시키고 고문했던 곳이다. 국민은 무시무시하

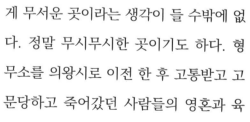

게 무서운 곳이라는 생각이 들 수밖에 없다. 정말 무시무시한 곳이기도 하다. 형무소를 의왕시로 이전 한 후 고통받고 고문당하고 죽어갔던 사람들의 영혼과 육체를 위로하기 위해 그분들의 업적과 흔적을 남기려 한 것은 참 잘한 일이다.

진열된 고문 기구들에 소름이 끼친다. 인간이 인간에게 더 많은 고통을 주기 위해 이런 기구를 사용했다는 게 더 소름 끼친다. 손톱을 뽑는 기구, '탁' 치니 억하고 죽었다는 코미디 산실인 욕실, 사방이 송곳으로 박힌 네모난 상자에 사람을 넣고 굴렸다는 고문기, 고춧가루를 먹여 숨을 못 쉬게 하고 인간의 체위로는 하기 어려운 비행기 태우는 고문, 온몸에 전기를 통하게 하여 혼절시키는 전기 고문, 듣기는 했지만 상상하기 싫은 기구들이 너무도 많았다. 과연 인간이 인간에게 할 수 있는 일인가. 그 의도가 자기들의 목적과 체제와 권력 유지를 위해서라니. 잔인하다는 동물에게도 이런 고문 기구는 없다. 만물의 영장이라고 스스로 자부하는 인간이 하는 이런 행위에 인간이라는 게 부끄러웠다.

하느님이 인간을 만들고 후회하셨다는 게 공감이 간다.

이강년 의병장이 두 아들에게 보낸 편지다.
-승아에게 유언하여 보냄-

네 아비의 평생에 품은 단층은
왕가의 일에 죽고자 한 것인데
이제 뜻을 이루니 무엇을 한탄하랴.
놀라고 두려워하기에 이르지 말고
정신을 수습하여 네 아우를 데리고
그날 옥문 밖에서 기다리도록 하라.

※ 다시 찾은 서대문형무소박물관은 많이 달라져 있었다. 훈장을 주렁주렁 달고 근엄하게 사진으로 걸려 있던 을사오적의 사진이 치워졌다. 나 같은 감정을 가진 국민이 많았던 것일까? 고문 형틀도 혐오스럽지 않은 것으로 바꾸어 놨다. 오히려 실감이 덜했다. 전에 눈여겨보지 않았던 사형집행장이 눈에 띄었다. 두 번 다시 우리 역사에 이런 비극이 없기를 바란다.

2. 김구 선생이 사망한 - 경교장

경교장을 찾느라 한참을 헤맸다. 강북삼성병원 안 병원 주차장
앞에 있는 오래된 건물이다.

불현듯 화가 치민다. 대한민국 혼이 살았다는 이곳을 이런 식으
로 무관심하게 방치한 그동안의 정부가 밉상스럽다. 임시정부가
귀국한 후에 자리가 없어 여기에 터를 잡았다. 해방 후 혼란스러웠
던 나라를 운영했던 장소다. 김구 선생이 총탄을 맞고 사망한 곳이다.

일제 강점기 때 지어진 건물은 당시에는 최신의 건축물이었다. 꽤 튼튼하게 지은 이 층 건물이다. 방은 다다미방이다. 우여곡절을 겪은 이곳은 해방 후에는 임시정부로 사용했다. 김구 선생이 사망한 후에는 중국대사관 사택과 월남대사관으로 쓰였다. 병원으로 사용하다가 2005년이 되어서야 지금의 모습이 되었다.

응접실, 거실, 회의실, 집무실, 지하전시실 등. 당시의 모습을 재현해 놓았다. 눈에 띄는 것은 총탄을 맞았을 때 입고 있던 피범벅이 된 김구 선생의 무명 한복 저고리다.

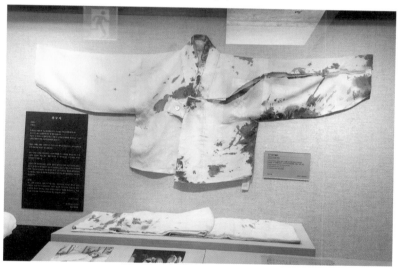

1946년 6월 26일 이 층 응접실에서 대한민국 육군소위이며 주한미군 방첩대 요원이었던 안두희에게 암살당한다. 신탁통치를 반대하고 남북이 갈라지면 안 된다고 통합선거를 주장했던 김구 선생의 존재가 당시에는 눈엣가시였으리라. 남북이 갈라지면 안 된

다고 세계 각국에 공문을 보냈다. 북한을 찾아가 설득하려는 김구 선생이 미국을 등에 업고 대통령이 된 이승만에게는 골칫거리였을 것이다. 김구 선생의 예감대로 지금 70여 년이 지나서도 우리는 갈라져 있다. 당시에 김구 선생이 대통령이 되었다면 우리는 지금의 상황이 아닐 수도 있었을 것이다. 안두희는 이승만의 특별사면으로 징역도 살지 않았다. 죽을 때까지 배후에 대해서는 진실을 밝히지 않았다.

벽에 우리가 자주 인용하는 멋진 글귀가 있다.

"눈 덮인 들판을 걸어갈 때는
발걸음을 어지럽게 걷지 마라
오늘 나의 발자국은
뒷사람의 이정표가 되리니"

"나는 우리나라가 세계에서 가장 아름다운 나라가 되기를 원한다.
가장 부강한 나라가 되기를 원하는 것은 아니다.
우리의 부력은 우리의 생활을 풍족히 할 만하고
우리의 강력은 남의 침략을 막을 만하면 족하다.
오직 한없이 가지고 싶은 것은 높은 문화의 힘이다.
문화의 힘은 우리 자신을 행복하게 하고
나아가서 남에게 행복을 주기 때문이다."

3. 서대문 주변-경찰박물관, 경희궁, 농업박물관

　경찰박물관은 경찰의 역사와 활동 사항, 그동안의 업적과 치안을 지키다 순직한 경찰들의 내용과 이름을 적어 놓았다.

　순직한 경찰 명단 앞에 묵념했다. 그러나 역대 총장들의 얼굴과 이름 앞에서는 왠지 씁쓸하다. 투철한 사명감에 정직하고 올바른 분들도 있었지만, 우리 역사에 좋은 인상으로 남은 사람의 기억이 없어서다. 진열된 마약 종류를 보면서 놀랐다. 종류가 그렇게 다양하고 많은 줄 몰랐다. 지문 검사기에 내 지문을 찍어 봤더니 50%가 넘은 흔한 문양이다. 74년도 순경 월급봉투 액수가 22,346원이다. 지출 내력은 상무회비 20원, 협회비 42원, 부조금이 120원이라 쓰여 있다. 그때 생각하면 지금의 생활은 조선시대의 왕보다

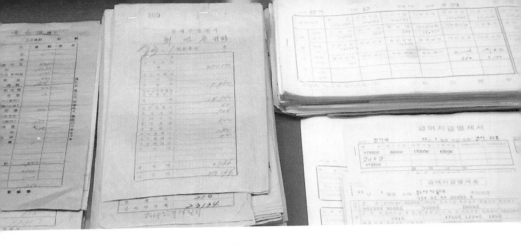

화려한 삶인데 왜 행복하지 못할까?

경희 공원 안으로 들어가면 웅장하고 아름다운 흥화문이 있다. 더 안으로 가면 승정문부터 궁 안이다. 인왕산이 경희궁을 안고 있는 느낌이다. 경희궁은 잘 알려지지 않았지만 5대 궁전 중 하나다. 광해군 때 창건했다. 경덕궁이라는 이름을 영조 때 경희궁이라

고 개명했다. 여기서 경종, 정조, 현종이 즉위식을 했다. 이곳도 일본인들이 그냥 놔둘 리 없어 고난이 많았던 곳이다. 일제 강점기 때는 경성중학교로, 해방 후에는 서울 중고등학교로 사용하면서 궁전의 위상은 사라져 갔다. 나중에 재건하게 되어 더욱 우리의 기억에 사라진 것이다. 궁궐을 돌아 나오는데, 옆에 있는 느티나무가 눈길을 끈다. 수백 년이 되었음 직한 나무에 축구공이 빠져나갈 수 있는 크기의 구멍이 뻥 뚫려 있다. 안에 기둥은 없어지고 껍질이 뭉쳐 있어 겨우 숨만 쉬고 있다. 그래도 가지를 살리고 있는 게 안쓰럽다. 위대해 보이기도 하고 예술적으로 보이기도 하다. 파란만장한 이 궁전의 아픈 역사를 대변해 주는 것 같다.

농협중앙회 옆에 있는 농업박물관은 어릴 적 추억을 되살려 주었다. 생명과 직결된 농업이 자꾸만 산업과 공업에 밀려나는 추세다. 안타까운 일이다. 앞으로 식량이 무기화되면 우리나라의 처지로는 핵폭탄을 맞은 것보다 무서운 일이 될 것이다. 어느 시대든 굶주림은 죽음과 연결되는 것이라서 사람들의 마음을 난폭하게 만든다. 아무리 과학이 발달하고 문화가 발전해도 살아있는 생명을 만들 수 없기 때문이다. 미래의 농업에 대한 전망을 예측한 농업 기대치는 화려해 보인다. 그러나 지금의 농업이 기진맥진한 상태면 회생하는데 큰 대가를 치러야 할 것이다.

4. 서울의 역사는 대한민국 역사 –서울 역사박물관

경희궁에서 내려오면 서울역사박물관이다. 서울역사박물관이 있다는 소리를 못 들었다. 넓고 큰 건물이다. 서울이 나라의 수도 역할을 했던 조선시대부터 현재까지 서울의 변천사와 역사를 기록해 전시해 놨다. 서울에서 일어난 일들, 살아온 사람들에 대한 기록이다. 서울의 수난사와 성장통을 사진과 유물들로 볼 수 있었다. 우리나라의 변천사를 보는 것 같다. 근대사는 내가 직접 겪은 일들도 있어 추억을 떠올리게 한다.

지나고 보니 추억이지 당시에는 얼마나 힘든 시절이었던가. 72년도의 서울 물난리에 석 달 전에 결혼한 나는 영등포에서 광명리로 이사해야 했다. 시부모에게 방 보증금을 빼 주어야 해서다. 이삿짐을 싸 놨는데 한강 둑이 넘쳐 오가지도 못했다. 공중화장실이 넘쳐 오물이 집 천장까지 밀려왔던 일. 지금 캄보디아 시골쯤의 상황이었을 것이다.

1954년 서울 인구가 124만 명이었다. 지금은 너무 포화상태다. 밀려 올라오는 시골 젊은이들로 서울은 만원이다. 영자의 전성시대 영화 포스터를 보니 그때의 시대상이 보인다. 지금의 커피점보다 많았던 다방의 변천사도 재미있다. 사람들의 옷차림과 격동기에 많은 갈등을 겪었을 젊은이들의 상황도 재미있다. 한국전쟁 때 폐허 된 서울의 처참한 모습. 피난민들의 처절한 삶과 역동성 있는 발전상들이 전시되어 있다. 조선시대의 일들은 너무 오래된 일이라 별 실감이 나지 않지만, 근대에 일어난 일들은 공감이 갔다.

영화 변천사를 보면서 감회가 깊었다. '미워도 다시 한번'의 영화에 얼마나 울었던지 눈이 팅팅 부었던 일이며 '별들의 고향', '하숙생', '섬마을 선생' 유행가도 같이 히트했던 영화들. 지금 보면 참 촌스럽지만, 당시에는 모두가 공감했던 영화다.

짧은 기간에 우리는 너무 부지런히 살았다. 이제는 좀 쉬어도 되지 않을까? 세계사에 남의 나라를 침략하여 금은보화나 사람을 노략질해 오지 않고 폐허에서 선진국으로 진입한 나라는 유일하게 우리나라뿐이다. 충분히 긍지를 가지고 자랑할 만하다. 이제는 욕심을 내려놓고 있는 것을 누리는 여유가 필요하다. 쉬면서 재충전해야 다시 달릴 수 있다. 쉬지 않고 일만 하다 쓰러지면 어떻게 되는지는 모두가 알고 있다. 이제는 더 가지려고 욕심부리기보다 가

지고 있는 것에 감사하며 즐길 줄 아는 게 행복한 삶이지 않나 생
각해 본다. 역사관도 현대에 맞게 영상화시켰다. 서울의 전경을 천
연색으로 영상화한 게 엄청나게 화려해 보인다.

5. 돈의문 박물관 마을

돈의문 박물관 마을은 강북삼성병원 옆에 있다.

100년 전부터 1980년대까지 돈의문 마을 모습을 재현해 놓았다.

마을 전체가 박물관이다. 좁은 골목길에 한옥과 그 안에 살았던 조상들의 모습. 우리가 어렸을 때 자랐던 모습과 우리 자녀들이 살았던 추억이 생각났다. 60년대부터 일었던 과외방과 하숙집과 서대문 여관, 삼거리 이용원, 생활 사진관 이름이 정겹다. 그때는 당연하게 살았던 방이 지금 보니 너무 작다. 작은방에 식구들이 많았다. 그래도 비좁다는 생각은 안 했던 것 같다.

아들이 학교보다 더 열심히 다녔던 컴퓨터 게임장은 구경 온 어린이들이 게임 오락기를 신나게 두들기고 있다. 만화방도 새삼스럽다. 한옥 체험관에는 문화 체험 프로그램을 신청받아 하고 있다. 주로 떡 만들기, 차 만들기, 서예나 그림 그리기다. 토지를 쓰신 박경리 작가의 육필 원고와 책과 집에 대해 같이 소개되었다. 관람자들은 이층 바락 방이 신기한지 올라가 본다. 돈의 문방구에는 중년 여인들이 추억을 끄집어내고 어린이들은 신기해한다. 돈의문 스튜

디오와 추억의 음악다방 체험관 등이 지나온 삶에 향수를 자극한다. 영화관에 들어갔다. 흑백영화가 상영 중이다. 엄앵란과 신성일의 젊은 모습이 풋풋하다. 동시녹음이 안 되던 때의 성우 목소리는 그 시대의 표준이다. 영화 내용으로 봐서 '맨발의 청춘'인 것 같다. 골목길로 내려오니 옛 모습 그대로 작은 가게가 있다. 어린이들이 주걱에 설탕을 넣고 달고나를 만드느라 정신이 없다. 메뉴판에 차도 있어 더운 날에 쌍화탕을 주문했다. 옛날식의 쌍화탕을 먹어보

고 싶었다. 차 받침대도 없이 덜렁 가져다준 쌍화탕은 작은 찻잔에 인스턴트 쌍화탕이다. 기대했던 달걀노른자는 없다.

　서울의 모습을 잃어가는 지금 이런 마을이 박물관의 형태로 잘 보존되기를 바라는 마음이다.

6. 흥선 대원군을 다시 보다 -운현궁

　쇄국정책의 대명사인 흥선 대원군이 살던 집이 운현궁이다. 고종의 아버지, 명성황후의 시아버지다. 명성황후를 흔히 민비라고 부르는데 민비라고 부르게 한 것은 일제하에서 우리의 역사관을

비하하려는 꼼수다.

　조선 왕가는 외척으로 정치가 혼란스러운 일이 많았다. 이를 사전에 막기 위해 대원군은 며느리를 직접 골랐다. 세력이 없는 가문 중에 고른 며느리다. 안심하던 대원군은 스스로가 고른 며느리한테 당해 세력 싸움에 밀려 울분을 삼켜야 했다. 아들인 고종을 왕으로 세워놓고 실질적인 정치나 권력은 시아버지가 휘두르니 며느리 입장은 편하지 않았을 것이다. 아들이 성장했으니, 왕의 자리와 힘을 맡겨야 하는데 권력이라는 속성은 부자지간에도 칼부림하게 한다.

　일본과 청나라 러시아 프랑스 영국 미국 각 세계열강은 조선에

눈독 들여 집적거린다. 자기들의 세력 확장을 위해 우리 땅에서 싸움질했다. 이런 와중에 대원군은 어느 나라도 문을 열지 않고 들어오는 함선과 대포를 총으로 막았다. 그 싸움에서 강화에 있던 우리의 고귀한 문화재가 약탈당해 소유권이 프랑스 박물관에 있다. 돌려주질 않는다. 외규장각 의궤도 빌려주는 형식으로 국립박물관에 와 있다.

우리는 흥선 대원군으로만 알지 그의 본이름이 이하응이라는 것은 잘 모른다. 대원군은 권력욕도 많았지만, 예술적인 소질과 욕심도 많아서 글씨와 난 그림은 유명하다. 고종이 왕으로 있을 때는 지금 우리나라 상황과 비슷한 혼란기였다. 병인박해, 임오군란, 동학혁명, 명성황후 시해 사건 등 역사의 부침 속에서 대원군도 권좌에서 밀려나기도 하고 다시 권좌에 오르기도 하면서 아들인 왕과의 앙금도 많았을 것이다. 드센 시아버지를 견제하기 위해 명성황후가 대원군과 정면 대결한 역사의 흔적은 외세가 내정을 간섭하는 계기가 되었다. 예나 지금이나 백성을 위해 권력을 쓰는 게 아니고 자기들의 영달을 위해 권력 싸움질을 한 것이다.

1897년 12월 대원군이 세상을 떠났다. 임종 시에 아들을 목매게 찾았다고 한다. 부자지간 사이가 좋지 않아 옆에 있는 사람이 고종에게 연락하지 않았다고 한다. 고종은 아버지의 임종도 보지 않았고 장례를 치르는 동안에도 가지 않았다고 한다. 아버지와 아들 사이도 권력은 피보다 무서운 것인가 보다.

7. 전쟁을 기념할 일인가- 전쟁기념관

전쟁을 기념한다는 건 슬픈 일이다. 아니 슬픔보다는 가슴을 도려내는 아픔이다. 전쟁을 기념한다는 게 왠지 적당한 말 같지 않다. 차라리 〈전쟁 기억관〉이라고 해야 하지 않을까? 삼각지 육군본부 앞에 자리한 전쟁기념관은 넓은 부지에다 전쟁에서 사용했던 모든 살상무기를 진열해 놓았다. 기념관 입구에 있는 모형은 하늘을 향해 높이 솟구친 총알 같기도 하고 로켓포 같기도 하다.

6.25 한국전쟁에 열심히 싸웠던 군인들의 치열했던 모습이 형상화되어있다. 우리나라 군인뿐만 아니라 참전한 외국

군인들이 다양한 얼굴로 만들어져 있다. 돔으로 되어있는 내부에 참전국의 이름과 지도, 보내온 내력들이 구리판으로 적혀있다. 그들의 나라에 감사를 표하기 위해 천천히 둘러본다.

70년이 넘은 지금에 와서 우리보다 잘 사는 나라도 있지만 우리보다 어려운 최빈국이 된 나라도 있다. 알지도 못하는 나라에 와 추위와 전쟁과 굶주림에 싸웠던 그들은 지금 우리의 모습을 보면서 보람을 느낄 것이다. 그러나 우리가 참전했던 베트남전쟁은 모두에게 상처만 남긴 건 아닌지 되돌아본다. 이제 우리도 먹고살 만하니 어렵게 사는 나라에 빚을 갚아야 하지 않을까? 그게 도리이지 않을까. 어려워 빚을 갚지 못할 때는 용서가 되지만 지는 잘 먹고 흥청거리면서 빚을 갚지 않을 때는 괘씸한 생각이 더 든다.

전투용 비행기, 탱크, 함정, 폭탄… 사람을 얼마나 효과적으로 많이 죽일 수 있는가가 최첨단 무기의 성능을 나타낸다. 그런 무기가 우수할수록 자괴감이 느껴진다. 이렇게 성능 좋은 전쟁용 무기가 우리에게 되돌아와 우리의 생명을 위협하게 되는 것이다.

과연 옳은 건가?

남의 것을 빼앗지도 않고 땅에 대한 욕심을 부리지도 않고 있는 그대로 사이좋게 산다면 전쟁이 필요할까? 전쟁 물자를 만들 돈으로 모두가 잘 먹고 잘살겠다면 이 세상은 얼마나 아름다울까 꿈꾸어 본다. 총알이 그렇게 다양한지 몰랐다. 크기도 모양도 쓰임새도 다르지만, 공통된 점은 사람을 효율적으로 죽일 수 있도록 끝이 뾰족하다.

감상문을 쓸 수 있게 공책과 볼펜이 놓여있다. '군인은 존경하지만, 군을 이용하여 권력을 얻으려는 자는 경멸한다.' 이렇게 쓰고자 했다가 그만두었다. 벽에는 참전하여 사망한 유엔 군인들의 이름과 우리나라 군인들의 이름이 기록되어 있다. '신이시여 이들

의 영혼에 자비를 주소서!' 고개 숙여 묵념했다.

전쟁기념관에서 가장 인상적인 것은 간첩이 사용했다는 난수표다. 지금은 잘 듣지 못하는 단어가 되었지만 어렸을 때 반공을 국시의 제1호라고 교육받았을 때는 흔하게 듣던 간첩과 난수표. 이 난수표가 어떻게 생겼는지 궁금했던 차에 이곳에서 해결했다. 전부 숫자로 나열되어 있다. 이걸 어떻게 해석할 수 있는지. 영리한 사람이 아니면 간첩 노릇도 어렵겠다 싶었다.

※ 6년 만에 다시 가본 전쟁기념관은 새로운 모습으로 바꾸어 있었다. 우리나라 역사에서 치렀던 전쟁을 기록해 놓았다. 신석기 때부터 전쟁한 거 보면 인간의 본성에 전쟁이 타고난 기질 중의 하나인가 보다. 신석기 때부터 최근까지 사용한 무기를 보면서 가슴이 싸한 느낌이다. 문명이 발달할수록 더 정교하게 발전한 살상 무기들은 인간이 인간을 죽이기 위해 그렇게 많이 노력한 흔적이라는 게 나를 슬프게 했다.

8. 서울의 이방 지역 이태원-이슬람사원

우리나라에서 가장 이국적인 곳은 당연히 이태원이다. 그 이름에도 여러 가지 다른 해석을 가진 이름이고 보면 조선시대부터 외국인이 살았던 곳이다. 이제는 세계 모든 사람을 다 보고 싶거나 색다른 음식을 먹고 싶다면 또한 이색적인 경험을 하고 싶으면 이태원에 가면 된다. 이슬람사원을 찾아가느라 버스를 탔다.

근처에 산다는 아줌마에게 길을 물었다. 그녀는 사원 옆에 살면서도 무서워 한 번도 가보지 않았다고 한다. 막연히 악마의 소굴처럼 여기고 있다.

비탈진 언덕 초입에 이슬람 특유의 타일 무늬를 가진 파란색의 기둥 입구가 있다. 그들의 타일 문양은 독특하고 아름답다. 특히나 타일에 글씨를 쓴 것은 예술이다. 입구 기둥에는 한글로 크게 쓰여 있다. 『하나님 외에 다른 신은 없습니다. 무하마드는 그분의 사도입니다.』아치형의 입구를 지나 언덕을 오르니 양쪽에 기둥이 높이 솟아있는 사각의 사원이 계단 위에 있다. 오래되어 주변은 낡고 조금은 허름하다. 안내소도 있다. 여러 나라 글자로 인쇄된 안내문도 비치되어 있다. 여기저기 기웃거리니 한 남자가 내게 다가와 말을 걸었다.

"제가 여기 안내자입니다. 처음 오신 것 같은데 무엇을 도와드릴까요?"

"제가 궁금한 게 많아서요."

뜨개실로 만든 하얀 빵떡모자를 쓴 남자는 오십이 넘어 보인다.

무슬림은 그들의 머리를 가리기 위해 터번을 쓰거나 모자를 즐겨 쓴다. 그는 친절하게 계단을 올라가 그들이 기도하는 회관으로 나를 안내했다. 안에는 신자가 아닌 방문객은 더 이상 들어가지 못하게 줄을 쳐 놓았다. 그와 나는 줄 안쪽 바닥에 앉아 대화를 나누었다. 회관 안에는 아무런 장식이 없다. 넓은 공간에 벽들은 타일로 장식되어 있다. 정 중앙에는 라면을 뿌려 놓은 것 같은 글씨들이 가로 세로로 타일에 쓰여 있다. 그곳이 설교하거나 기도를 주관하는 곳이라는 표시다. 안에는 모두 카펫이 깔려있다. 앉을 수 있는 의자 같은 것은 하나도 없다. 다행히 바닥 전체가 보일러 시설이 되어있어 엉덩이가 차갑지는 않았다. 벽에는 아무런 장식도 없다. 외국인 남자들이 하나둘씩 들어와 기도한다. 구석에는 누워 있는 외국인도 있고 책을 읽는 사람도 있다. 교회나 법당은 성전이고 거룩한 곳이라 생각하는 우리의 상식과는 너무 다른 모습이라 놀랐다. 사각으로 된 광장 같다. 중앙의 빨간색 작은 계단은 한 사람만 올라가게 되어있다. 사람들이 잘 보이게 설교자만 올라가는 곳이다.

호기심이 많은 나는 많은 질문을 했다. 언제 세례를 받았느냐고 물으니 세례라고 하지 않고 입교라고 한다. 17년 되었고 동기는 코란을 읽다가 여기가 믿을 수 있는 진정한 신앙이구나 싶어서 스스로 선택했다고 한다. 주로 아랍 쪽에서 많이 살았던 것 같다. 아랍어로 코란을 유창하게 읽었다. 한국인 신자는 50여 명 되고 주로 외국인이 이천 명 정도라고 한다. 그분의 말로는 한국에 이슬람 사원이 이십여 개 있다고 하니 생각보다 많았다. 신앙은 자유라서 가족 중에 혼자만 무슬림이라고 한다.

0. 무슬림과 아랍은 전혀 다르다

그는 무슬림과 아랍과는 전혀 상관이 없다는 말을 강조했다. 흔히 아랍 사람이 다 무슬림인 줄 알고 있는데 그렇지 않다고 한다. 지금 세계를 혼란스럽게 하는 사람들은 이슬람의 교리와는 전혀 상관이 없다고 한다. 이슬람을 가장 많이 믿는 나라는 인도네시아와 말레이시아 즉 동남아 쪽이다. 그들은 하루에 다섯 번을 기도한다. 알라 하나님을 경배하는데 온 정성을 다해야 한다. 기도하러 올 때는 손과 발, 성기, 항문 등 더러운 곳을 깨끗이 씻어야 한다. 혹시 들어오다 방귀가 나왔을 때는 다시 가서 씻고 와야 한다. 무함마드는 읽고 쓸 줄을 모르는 사람이다. 기도 중에 하나님의 말씀을 깨달아 말을 해주면 다른 사람이 옆에서 기록했다는 것이다. 그게 코란이라서 믿을 수 있는 경전인데 성경은 오류가 많다고 했다. 예수님이 돌아가신 지 70년이나 100년 후에 제자들이 기억으로 적은 글이라서 서로 상충하는 게 많다고 한다. 이슬람 교리로는 예수님도 무함마드처럼 한 분의 사도이고 선지자라고 한다. 사원에 돌아가는 전자 광고판은 예수님과 무함마드는 같은 형제라고 쓰여 있다.

우리의 주일처럼 그들은 금요일 1시에 예배한다. 한국 사회에서는 조금 지키기 어려운 시간대다. 부활에 대한 그의 견해는 너무나 달랐다. 예수님이 죽어서 부활한 게 아니고 살아있는 상태에서 그대로 승천했고 대신 다른 사람이 죽었다는 것이다. 성탄에 대해서는 성경에도 정확한 날짜가 언급되지 않았기에 그렇다 치고라도 부활에 대한 견해 차이는 너무 컸다. 신부님과 목사님의 역할을 하는 사람을 여기서는 이맘이라고 부른다. 이맘은 회중에서 신앙이 좋고 덕망 있는 사람이 맡는다. 우리가 용납하기 어려운 교리 중 하나인 일부다처제는 전쟁 중에 남편을 잃은 여자나 고아를 구제하기 위한 사회적 복지 차원이라고 한다. 여성들이 집안에서 화장하거나 치장해도 문제가 되지 않지만 기도하는 장소나 다른 남자들 앞에서 유혹의 대상이 되는 것을 방지하기 위해 히잡을 쓰도록 한다고 한다.

0. 무슬림의 교리도 기독교와 비슷하다

이슬람사원에 가면 라면 뿌려 놓은 것 같은 글씨들이 타일로 붙어있던 게 알고 싶었다. 그는 자신의 핸드폰을 꺼내 그 안에 적혀있는 글을 사진 찍으라고 보여주었다. 코란 2장 255절의 글귀다.

"하나님 이외는 신이 없나니 그분은 살아 계시 사 영원하시며 모든 것을 주관 하시도다. 졸음도 잠도 그분을 엄습하지 못하도다. 천지의 모든 것이 그분의 것이니 그분의 허락 없이 어느 누가 하나님 앞에서 중재할 수 있으랴. 그분은 그들의 안중과 뒤에 있는 모든 것을 알고 계시며 그들은 그분에 대하여 그분이 허락한 것 이외는 그분의 지식을 아무것도 모르니라. 권좌가 천지 위에 펼쳐져 있어 그것을 보호하는데 피곤하지 아니하시니 그분은 가장 위에 계시며 장엄하시도다."

기도문과 같은 내용이다. 100년 전에 번역한 것 같은 느낌이다. 그는 코란 첫 장에 쓰인 아랍어로 되어있는 글을 해석해 읽어 주었다.

"자비롭고 자애로운 하나님의 이름으로서 온 우주의 주인이신 하나님 자비롭고 자애로우신 하나님의 분이시여 심판의 날에 왕이시여 우리는 당신에게만 경배하고 당신에게만 의지합니다. 저희를 올바른 길로 인도해 주소서. 그 길은 방황하거나 노여워하는 자들이 걷지 않는 올바른 길입니다."

그가 덧붙여 설명한 것은, 방황의 의미는 예수를 하나님으로 믿는 기독교를 말하며 노여워 라는 뜻은 모세를 믿는 유대교를 지칭한다는 것이다. 이슬람에 대한 주변의 선입견과 오해를 씻기 위해서인지 한국어로 되어 있는 여러 유인물을 진열해 놓았다. 오래전부터 코란을 읽어보고 싶었는데 접하지 못했다. 내 것을 잘 알려면 남의 것도 잘 알아야 하기 때문이다. 무조건 내 것이 옳다고 주장하는 것은 신앙에서 가장 무서운 오류, 맹종을 강요하기 때문이다. 그러나 회당 안에는 한글판 코란은 없었다. 5시가 되니 외국인 남자들이 들어온다. 하루에 다섯 번의 기도 중에 낮 기도와 저녁기도 사이에 있는 우리식으로는 새참 기도 시간이다. 그런데 좀 이해가 가지 않는 것은 날자 별로 기도 시간이 아침, 점심, 저녁이 조금씩 다르다. 꼭 뱃사람들이 밀물 썰물을 기록한 달력 같다. 이날은 5시 19분이 기도하는 시간이다. 대화를 나누던 분이 이제 자기도 예배에 참석해야 한다고 다음에 오라며 일어섰다. 기왕 온 김에 나도 이마와 코가 땅에 닿도록 하느님께 큰절을 하고 싶었다. 고개를 숙여 절을 하던 중 이맘 복장의 남자가 오더니 이층으로 올라가란다. 여자 기도실은 이층이다. 기도하는 장소도 남녀가 구별되어 있다.

0. 주책없는 한국 남자로 창피하다

화장실은 빙 돌아 구석진 곳에 있다. 내가 화장실을 찾은 건 여기는 좀 색다를 거라는 생각에서다. 무슬림 남자들은 앉아서 소변을 본다. 중동 쪽 남자들은 드레스 같은 옷을 입으니 가능하다. 그러나 바지를 입은 남자가 앉아서 소변보는 것은 당황스러운 일이다. 남자 화장실은 여자 화장실과 똑같다. 하기야 요즈음은 남자도 앉아서 일을 보는 게 위생적이다,는 계몽도 한다. 발과 손을 씻고 세수하는 외국인 여자들로 화장실은 바글거린다. 예배에 참여하려면 의무적으로 씻어야 해서다. 물이 귀한 사막에서도 이슬람사원에는 관수가 잘 되어있다. 화장실이나 회당 입구에는 수도꼭지가 있다. 일을 보고 물로 닦을 수 있도록 호스에 수도꼭지가 붙어있다. 비데보다는 수도꼭지를 달아놓은 게 훨씬 효율적이다. 수도꼭지 물로 발도 씻고 머리도 감는다.

세계 종교인 중에는 무슬림이 제일 많다. 갈수록 무슬림의 인구는 더 늘어날 전망이다. 그들은 자식을 많이 낳는다. 무슬림은 같은 코란을 읽고 형제애를 굳히고 철저하게 신앙을 지킨다. 아마 100년 후에는 이 세상에 무슬림만 남아 있을지도 모른다.

주변 상가에는 돼지고기를 먹지 않는 무슬림의 식단을 겨냥해서 할랄(halal) 이름으로 포장된 먹을거리가 많이 진열되어 있다. 건강식품이라고 해서 열풍이 불었던 것은 무슬림은 하나님이 먹지 말라는 것들을 철저하게 식단에서 배제하기 때문이다.

※ 오랜만에 다시 찾은 이슬람 사원은 전체적인 리모델링을 하는 중이다. 외부도 말끔히 정리했다. 전에 없던 카페도 깔끔하게 차려있다. 가격도 착하다. 화장실은 한참을 떨어진 다른 건물 지하에 있다. 구석에 있어 미로 찾기를 해야 한다.

할랄푸드가 건강에 도움이 된다고 해 유행을 타고 있어서인지 사원 옆 건물에 회사가 있다. 차를 마시려 카페에 앉았다. 옆에 있는 젊은 여자가 히잡에 무슬림 옷을 입고 책을 읽고 있다. 영화에 나오는 아라비아 공주 같다. 뷰티풀! 감탄사를 보냈다. 그녀가 읽고 있는 책을 보니 한글이다. 중동에서 유학하러 온 왕족인 대학생인가 했다.

"저 한국 사람이에요. 영어 잘 못 해요" 정말 의외였다. 그녀는 아랍 여자로 자주 오해받는다고 한다. 대학에서 아랍어 공부하다 사우디아라비아 수도인 리야드에 유학하러 갔다가 코란을 읽게 되어 이슬람과 인연이 되었다고 한다. 무슬림이 되기 전에는 술도 많이 마시고 조금은 방탕한 생활을 했다고 한다. 지금은 계율에 따라 하루에 다섯 번 기도하고 술도 마시지 않고 규칙적인 생활을 하다 보니 마음이 안정되고 불면증도 없어졌다고 한다. 무슬림 중에 교리를 모르는 사람이 많아 교리도 가르쳐 주고 한국인에게 설명도 해주며 종교 생활을 의미 있게 하고 있다고 한다. 이름도 카리마로 바꾸었다. 그녀와 대화하는 중에 중년 한국 남자가 카페에 들어와 떠든다. 반절은 아랍어다. 카리마의 통역은 결혼하고 싶어 이 사원에 왔다며 젊고 예쁘고 얼굴이 하얀 여자를 원한다고 한다. 그 남자는 이슬람은 동물처럼 여자를 사고파는 줄 알고 있나 보다. 이런 주책없는 남자들이 사원에 자주 와 떠드는 게 창피하다고 한다. 카리마가 자기 얼굴 사진을 책에 넣어도 괜찮다고 허락해 주었다.

이태원 거리는 밤이면 왠지 두렵다. 여기저기 간판도 우리 정서와는 맞지 않는다. 게이 집이라던가 상상하기에도 유쾌하지 않은 이름들이 당당하게 붙어 있다. 집에 오려고 버스를 기다리던 중이다. 옆에 있던 아주머니가 내게 말을 걸었다. 곱고 예쁘다는 것이다. 모자 하나 썼을 뿐인데 그렇게 예뻐 보일 나이도 아니다. 나이가 들어 보이는 아줌마가 버스를 기다리면서 쉽게 말을 거는 상황도 흔한 일은 아니다. 그녀는 노래를 흥얼거리며 유쾌한 듯 내 옆에서 얼씬거린다. 자기는 88세인데 2년 전에 남편이 떠나 혼자 산다고 했다. 남편이 군인이라서 연금을 받고 사는데 많이 외롭다는 것이다. 그녀는 내 손을 잡더니 으스러지게 꼭 쥐었다. 그렇게 손힘이 센 사람은 처음이다. 그녀는 싱글거리며 내게 몸을 밀착한다. 가슴을 두세 번 슬쩍슬쩍 만지듯이 스쳤다. 굉장히 불쾌했다. 웃는 모습이 비위가 상한다. 무조건 버스를 탔다. 찝찝한 느낌에 조금씩 의심이 들었다. 혹시 그녀는 여장한 남자가 아닐까? 남자 복장으로 그런 행동을 한다면 분명 성추행범으로 걸릴 것이다. 그런 의심이 더 드는 건 주변이 이태원이라 서다.

9. 재벌의 미술관 –리움 삼성미술관

　재벌들이 돈을 소유하는 합법적인 투자가 미술관 운영이라고 한다. 리움 미술관은 고인이 된 이건희 회장 부인인 홍라희 씨의 소유다. 소장품 가격은 정하기 어렵다고 한다. 언덕 위에 자리 잡은 건축물이 예사롭지 않다. 미술관 건물은 세계적으로 유명한 건축가 세 명이 설계한 작품이다. 건물 자체가 예술품이다. 주변 모두가 우리 동네와는 다르다. 역시 부자 동네는 부티가 난다. 근사한 집이 있어 사진을 찍는데 어디선가 목소리가 들린다.

"사진을 찍으시면 안 됩니다."

입장료는 만 원인데 경로 할인해서 오천 원이다. 이런 때 세금 낸 보람을 느낀다. 고미술품을 전시하는 1관과 현대미술품을 전시하는 2관으로 되어 있다. 고려청자의 우아한 모습을 자세히 볼 수 있다. 어느 박물관보다 진열이 잘 되어 있다. 곳곳에 까만 정장 입은 젊은 여자들이 지키고 있다. 분위기에 주눅이 드는 느낌이다. 고려청자, 조선백자, 그림, 불상, 전통 물건이 우아하게 진열되어 있다. 이어폰을 끼면 각각의 해설과 설명을 해 주어 도움이 된다. 불교에 관한 작품이 많다. 고미술품 전시는 4층까지 있다. 현대미술관은 지하까지 3층이다.

세계 각국의 다양한 조형물, 미술품, 이중섭 화가의 황소와 백남준 씨의 비디오아트도 전시되어 있다. 이중섭 씨의 황소 그림을 보면서 황소만을 그려 전시하던 시흥의 화가가 생각났다. 대부분 화가는 당대에는 지독하게 가난하게 산다. 물감 살 돈이 없어 구걸하던 화가가 죽고 나면 그림값이 천정부지다. 사후에 작품이 비싼 것은 소장자들이 값을 올리기 위해 마케팅하기 때문이다. 도화지에 물감을 엎지른 것 같은 그림도 유명한 사람의 작품이라 엄청 비싸다. 더욱이나 추상화는 내 머리로는 이해도 감상도 어렵다. 편안한 의자가 있어 앉아서 좀 쉬려고 엉덩이를 붙이려는데 그것도 작품이라 앉으면 안 된다는 경고를 받았다.

넓은 캠퍼스에 검은색과 하얀색을 칠해놓고 제목만 붙여도 작품으로 봐준다면 나도 도전해 볼까? 문제는 나는 무명이라 비웃음만 살 것이다.

※ 근래에 다시 찾은 미술관은 특별전이 없이 상설 전시만 한다며 무료입장이다. 입장료를 주고 들어왔을 때와는 달리 별로 볼 것은

많지 않았다.

　내내 걸어 다녀 다리가 아팠다. 커피숍에 앉았다. 비싼 곳에서 우아하게 커피 한잔 할까? 괜스레 허영심이 발동한다. 고구마 라테를 주문했다. 이곳에 어울리지 않는 소박한 이름이라서인지 없다고 한다. 땅값만큼이나 커피값이 비싸다. 점심값보다 비싼 커피값에 은근히 화가 난다. 재벌에 보태줄 것까지는 없었는데.

10. 올라가 봐도 2% 아쉬운- 롯데타워

　롯데타워에 올라가 보기로 했다. 그동안 많은 문제가 제기되었던 타워다. 군사적인 안보 문제로 역대 정권에서 불허했던 일을 이명박 대통령이 취임하자마자 허가한 공사로 지금까지도 해결할 수 없는 문제를 안고 있는 타워다. 찾아간 날은 다행히 평일이라 사람은 많지 않았다. 경로우대는 2,000원 할인, 롯데카드는 20% 할인이다. 다행히 롯데카드가 있다. 그것도 한 달에 20만 원 이상을 사용해야 해당이 된다. 카드 조회를 하더니 입장료를 할인해 주었다. 어디 가나 돈을 많이 쓰는 사람이 대우받는 세상이다. 어디든 가난한 사람을 환영해 주는 곳은 없다. 그러고 보니 근래에는 아껴 쓰고 저축하자는 소리를 듣지 못한 것 같다. 돈이 없으면 빚을 내서라도 쓰라고 부추기는 시대다. 그래야 경제가 돌아간다고 하지만 없는 사람은 너무 초라하다.

　117층 496미터를 1분 만에 올라간다. 비행기 속도다. 비행기

이륙 때처럼 귀가 웽 한다. 밖을 볼
수 없고 너무 빨리 올라와 조금은 돈
이 아까웠다. 117층에서 보니 한강에
다리가 참 많다는 것을 알았다. 한강
을 사이에 둔 강남과 강북 차이가 확
연하다. 늦게 조성된 강남은 도로가
넓고 질서정연하게 정리되었다. 아파
트가 질서 있게 줄 서 있는 반면, 강
북은 도로가 좁고 고불거리고 집들
이 어수선하다. 도시의 형성은 늦게
발전할수록 최신식이다. 118층은 바
닥이 유리로 되어있어 아래로 시내를
볼 수 있다. 무서워 유리 위에 서지
못하는 어르신도 있다. 서울 시내에
있는 모든 전경이 한눈에 보인다. 멀
리 성남과 북악산도 보인다.

입장료 서비스 차원인지 나폴레옹
이 사용했던 모자와 칼 문양이 전시
되어 있다. 나폴레옹 모자는 전투에
서 부하들의 눈에 잘 띄도록 양옆이
두 개의 뿔을 단 것 같은 이각 형태

다. "불가능은 없다"라고 한 그의 말은 지금도 사람들에게 힘을 주는 긍정의 말로 애용된다. 키도 작고 내세울 것 없는 섬에서 태어난 가난한 소년이 황제까지 되기에는 불굴의 노력이 있었을 것이다.

안 보면 궁금하고 막상 보고 나면 본전이 생각나는 타워 구경이다. 성남 군사 비행장 안보에 위험이 있다는 논란에도 이 타워를 꼭 세워야 했을까 생각해 본다. 위에서 보니 롯데월드 놀이기구가 동화나라처럼 보인다.

6 동창과 떠난 남도 맛 기행

1. 얼굴에 주름지면 마음도 주름진다

젊어서는 그렇게 생각했다. 어르신이 되면 살아온 연륜만큼 마음이 넓어지고 모든 걸 용서하고 이해하고 너그러워질 줄 알았다. 그러나 막상 나이가 들어보니 전혀 다른 현상을 느낀다. 존경받는 어르신이 되기 위해서는 부단히 노력하고 자제하고 닦아내야 한다. 그렇지 않으면 젊은이들이 비하하는 말, 꼰대로 전락한다는 것을 알아가는 중이다.

동창 모임에 쌓인 회비를 축내야 할 것 같아 내가 충동질했다. 어느 모임이든 회비가 정도 이상 많이 쌓이면 분란이 난다. 돈 많은 부모를 둔 형제들이 의가 상하는 것과 같다. 젊어서는 사소한 감정은 풀어버리고 털어내던 친구들이 나이가 들면서 감정 면역력이 약해졌는지 작은 것에도 삐거덕거린다. 이 나이에 스트레스받아 가며 사냐? 안 나가면 그만이지. 밀린 회비를 깎아 주어야 나간다. 못 나갔으니, 점심값은 빼 줘야 하지 않느냐? 하는 식이다. 시간을 오래 먹더니 가슴들이 졸아든 양상이다. 70이 넘으면 친한 친구가 없다는 말이 이해가 간다. 회비가 쌓이면 더 문제 될 것 같아 내가 바람을 넣었다. 15명이던 동창 모임은 이런저런 일로 여러 명이 빠졌다. 남아있는 동창도 꼬장 부리는 친구로 더 흔들릴 것 같다. 더 늦기 전에 맛있는 것도 먹고, 걸을 수 있을 때 구경도 하고, 수다도 떨자. 젊어서는 해외여행도 가고, 전국 여행도 재미있게 다녔다. 그런데 이제는 움직이는 것을 싫어해 만날 때도 뷔페 식당은 피한다. 조용한 한식당에서 점심을 먹고 그 자리에서 몇 시간 수다를 떠는 것을 좋아하게 되었다.

내 충동질에 합의가 되어 나더러 일정을 잡으라고 한다. 이제는 운전하는 것은 서로가 부담스러우니 고급 패키지여행을 가자는데 일치했다. 여러 군데를 검색하다 기차로 가는 맛 기행 상품을 선택했다. 내가 가고 싶은 곳은 인원이 차지 않아 떠날 수 없다고 한다. 친구들을 배려해 여러 번 다녀왔던 코스로 일정을 잡았다. 서로 총무를 하지 않으려고 해 심지 뽑기로 정하고 일 년에 한 번씩 돌아가며 한다. 총무는 바뀌어도 여행코스는 내 담당이다. 자주 돌아다닌 경험이 많다는 이유다. 1박 2일의 이번 일정은 비용이 비싼 상품이다. 나이에 걸맞게 좀 우아하게 다녀보자는 내 의견에 모두 찬성했다. 회비로 가는 만큼 가지 못하는 회원은 손해를 감수해야 하고 더 이상의 군말은 하지 말라는 문자를 회원에게 보냈다. 자기 사정으로 못 가는 것은 감수해야 한다고.

이른 아침 용산역에 모였다. 김밥과 간식거리를 준비하느라 바빴을 총무에게 수고했다고 다독인다. 이럴 때는 좀 더 오버해도 좋다. 5명의 인원은 참 애매하다. 동행자는 총 35명인데 우리 팀이 5명이라 홀수가 되었다. 든든해 보이는 젊은 남자 가이드가 용산역에서 기다린다. KTX 기차다. 기차에 타자 나는 아예 따로 앉았다. 넷이 마음 편히 한자리에 앉을 수 있도록 하기 위해서다. 덕분에 익산역까지 편안하게 갔다.

2. 가슴 설렘의 추억이 되살아난다

익산역에 도착하자 버스가 기다리고 있다.

익산에는 셋째 여동생이 살고 있다. 그런데 이상하게도 동생 생각보다 여고 시절 내 가슴을 설레게 한 눈이 매력적인 남자가 생각난다. 이제는 이름도 가물가물하다. 그 남자의 집이 익산이다. 이곳을 지날 때마다 혹시나 우연히 만나지는 않을까? 만난다면 서로 알아나 볼까? 나를 설레게 했던 사슴 눈은 지금도 그렇게 보일까? 나보다 8년 연상인 그는 직장인이었고 나를 '이군' 이라고 불렀다. 내가 학생이라서 '이양'이라고 하기는 좀 그랬던 모양이다. 그를 멀리서라도 한 번 보기 위해 맴돌았던 여고 시절의 가슴 조임. 지금은 어떤 모습으로 늙어 있을까? 사귄 것도 아니다. 정식으로 데이트를 해 본 건 내가 직장 관계로 서울에 있을 때 출장 왔다며 한 번 만난 것이 전부다. 김대중 대통령 선거유세를 보러 가다가 길이 너무 막혀 포기하고 영화관에 갔다. 보기 민망한 영화를 보다가 중간에 나와 탑골공원에 갔다. 그가 내 팔을 슬며시 잡으려 하자 화들짝 놀라 뿌리쳤던 일. 그가 은근히 프러포즈 비슷한 말을 했을 때 모른 척했던 것은, 어느 허름한 포장마차에서 보인 그의 태도 때문이었다. 그는 포장마차에서 소주와 안주로 은행을 시켰다. 나를 위해 출장비를 아껴 사는 것이라며 많이 먹으라 했다. 내가 먹을 수 있는 게 없었다. 술을 못 마시는 나는 연탄불에 구워지는 은행 몇 알을 집어먹었다. 그때 결정했다.

'이 남자와 결혼하면 무척 피곤하겠구나.'

공무원 신분인 그가 분수 이상으로 나를 대접하는 것도 좋아하지 않았겠지만, 너무 허름하게 대하는 게 내 자존심을 상하게 했던 것 같다. 그 이후 내 감정과는 달리 나는 그를 단념했다. 그런데 익산을 지날 때마다 한 번쯤은 보고 싶은 생각이 든다. '가을에 떠난 사람' 전화로 노래를 불러주던 그 남자를 가을에 내게서 떠나보냈다.

버스를 탄 일행은 가이드의 익살을 들으며 담양 죽녹원으로 간다. 지나는 길에 고향 김제를 거쳐 간다. 먹고 살기 어려웠던 시절 드넓은 만경평야는 부의 상징이었다. 일제 강점기에 일본은 쌀을 군량미로 공출하기 쉽게 익산에서 군산으로 이어지는 철도를 놓는다. 군산항에서 쌀을 실어 날랐다. 이리역 대형 폭발 참사로 역은 현대식으로 증축되었다. 덕분에 익산역은 교통요지가 된다. 당시만 해도 부자인 김제군에 군수로 임명받으면 승진했다고 축하받았다고 한다. 그러나 음지가 양지 되고 양지가 음지 된다는 속담은 헛말이 아니다. 쌀이 남아도는 지금은 가장 낙후된 도시가 되어가고 있다. 농촌의 풍경은 풍요롭게 보이지만 농사를 짓고 있는 사람들의 표정은 밝아 보이지 않는다. 동병상련을 앓고 있는 나만이 느끼는 것인지도 모른다.

어디를 가나 도로는 잘 되어있다. 출발한 날이 월요일이라 길도 막히지 않는다. 도시의 많은 차를 보다 전세 낸 듯이 한가한 도로를 보니 그 자체가 휴식이다.

3. 예전과 같지 않은 죽녹원

대부분의 사람은 죽녹원에 다녀왔을 법하다.

대나무가 한창 생활에 유용하게 쓰이고 수입원이었던 시절이 있었다. 친정집 뒤에는 넓은 대나무밭이다. 아버지는 대나무를 팔아 자식들 학비에 보태고 농사에도 활용하셨다. 소쿠리, 대바구니, 빗자루 등등. 필요한 농기구도 만들고 생활용품도 만드셨다. 칫솔 통

도 되고 치약 대신에 대나무 통에 구멍을 뚫어 소금을 넣어 쓰기도
했다. 자식들의 매로 쓰였고 겨울에는 댓살을 발라 연도 만들고 돗
자리도 만드셨다.

　초등학교 운동회 때 선생님이 대나무 있는 집 손들라고 해 나는
자랑스럽게 손을 들었다. 오자미 통을 매달아야 해서다. 아버지 몰
래 제일 커 보이는 대나무를 잘라 비포장 십 리가 넘는 길을 끌고
갔다. 10살 때의 일이다. 6·25 때는 대밭으로 몸을 피했다고 한다.
총알이 대나무에 맞으면 튕겨 나가기 때문이다. 아버지의 수입원
이 서서히 줄어들고 애물단지가 된 것은 플라스틱이 나오면서다.
싼 중국산 제품들이 들어오면서 애물단지가 된 것을 내가 처리했
다. 부모님이 돌아가신 후 빈 시골집의 구들장을 뚫고 올라오는 대

나무는 소름이 끼칠 정도다. 생명력이 강해 흙이 있는 곳에는 어디든 뿌리를 뻗는다. 섣불리 건드리면 더 무성해진다. 굴삭기를 동원해 큰 구덩이를 파고 뿌리를 걷어 깊이 묻어야 한다. 대나무 뿌리는 옅게 뻗기에 깊은 곳에서는 기어오르지 못한다.

우후죽순(雨後竹筍)이라는 말은 비 온 후 죽순처럼 큰다는 말이다. 대나무는 아무리 큰 것이라도 20일 정도면 다 커버리고 시간이 지나면서 단단해진다. 우리나라 대나무는 경제성이 없다. 담양군에서 도태되어 가는 대나무를 상품화한 것은 잘 계획한 일이다. 대나무 인기가 시들해질 때쯤 메타세쿼이아 길을 상품으로 내놓은 담양군의 생존전략에 찬사를 보낸다.

죽녹원의 대나무 길은 별반 달라진 게 없다. 오래되다 보니 대나무가 무성해졌고 벤치는 낡아져 있다. 상점들은 업그레이드되어 현대식으로 정리되었지만, 대나무 제품은 예전보다 다양하지 않다. 생활용품보다 작품이 되어간다.

오랜만에 대나무 산책길을 친구와 걸었다. 이 친구는 학교 다닐 때는 잘 알지도 못했던 친구다. 동창 모임에도 늦게 합류해 처음엔 어색했다. 그러나 친하다고 생각했던 친구는 차츰 멀어지고 별로 친하지 않던 친구들이 시간이 지날수록 대화가 통했다. 세월의 물살은 금과 모래를 걸러내는 능력도 있다. 아무런 말을 하지 않아도 옆에 같이 걷는 것만으로 위안이 되는 친구. 좋은 친구다.

속이 비어있어

그렇게 빨리 클 수 있었나 보다.

대나무 통에 쓴 나의 자작시를 아들이 좋아해 보관하고 있다.

내 안에 잡동사니가 가득 쌓여 내 영혼이 성장하지 못하고 있는 것 같다.

4. 우리의 모습도 가을이네

대나무골에 왔으니, 점심은 당연히 대통밥이다. 맛 기행으로 온 이번 여행은 얼마나 근사한 먹거리를 줄까? 약간은 기대와 흥분이 된다. 대나무를 잘라 그 속에 각종 재료를 넣고 찐 찹쌀밥은 이곳의 특산 메뉴다. 남도의 푸짐한 반찬은 나를 행복하게 했다. 밥보다 반찬을 많이 먹는 내 식성 때문이기도 하고 우선은 눈요기가 즐겁다. 이런 내가 날씬해지기를 바라는 건 이율배반이다. 살을 빼야지 하는 희망 사항은 내일로 미루고 이 즐거움을 놓치고 싶지 않다. 열심히 맛있게 즐겁게 잘 먹었다. 아침을 안 먹기에 더 맛있었다. 나물 반찬이 많아서 좋았다. 이 나이쯤 되니 편하게 앉아서 서비스받으며 먹는 게 좋다. 깔끔하고 정갈한 주인의 편안한 인상과 서비스의 매너도 맘에 든다. 다 먹고 난 대나무 통은 가져가도 좋다고 해 들고나오는데 친구 것도 받았다. 딱히 쓸데는 없는데 자연적이라 버리기 아까워서다. 연필통이나 빨대 꽂이로 쓰면 좋을 것 같다. 아니면 다육식물을 키워도 좋을 것 같고, 가지고 오면서도 나를 질책했다. 있는 것도 버려야 할 나이에 또 들고 오는 내가 어이없어서다.

담양의 새로운 볼거리로 부상한 메타세쿼이아 길은 맨발로 걷고 싶다. 여름도 좋지만, 가을이면 더 환상적일 것 같다. 걷고 싶은 길 10위 안에 드는 아름다운 길이다.

차에 오르는데 짐을 든 남자가 일행에게 해바라기 씨를 맛보라며 나누어 준다. 대나무에 볶아서 향도 좋고 고소하고 찐 내도 안난다고 사근거리며 다가왔다. 그렇게 말하니 정말 고소한 듯하다. 세 봉지에 만 원인데 한 봉지 더 주고 많이 사면 하나를 더 주겠다는 상술에 너도나도 샀다. 국산이냐고 물으니 그렇다고 했지만, 자꾸만 따지듯이 되물으니 얼버무린다. 상인은 가지고 있던 것을 다 팔았다. 나도 샀다. 다섯 봉지면 많이 싼 느낌이다. 그러나 나중에 정신을 차리고 보니 그리 싼 것도 아니다. 봉지가 작았다. 장사꾼의 상술에 또 당했군! 하고 웃었다. 가이드가 이런 물건은 사지 말라고 한다. 다 중국산이라고. 하기야 나도 해바라기를 심었지만, 우리의 계산으로는 만 원으로 이만큼 만들 수가 없다. 그러려니 하고 먹기로 했다.

차는 보성 녹차밭으로 향한다. 배도 부르고 피곤이 밀려온다. 아침 일찍부터 서둘러서다. 80년도에서 90년도까지 이 녹차밭의 인기가 대단해 남도 관광 필수 코스였다. 올 때마다 사람들로 북적거렸다. 산 턱밑까지 구불구불 굽이치듯 다듬어 놓은 녹차

밭은 광고에서도 신선한 느낌을 주었다.

녹차의 열풍이 한참일 때는 판매소도 대단했다. 그러나 지금은
이 녹차도 시대의 흐름에 역류할 수 없는지 버거운 느낌이 역력하
다. 다른 곳에는 단풍이 흐드러졌는데 녹차밭은 그대로 푸르다. 커
피와의 한판 대결에 녹다운 된 녹차가 다시 회생할지는 의문이다.
사람들도 예전만큼 찾아오지 않고 녹차의 판매량도 여의찮다. 더
욱이나 사람의 손으로 녹차를 따야 하는 작업은 인건비가 비싼 우
리나라에서 경쟁력이 없어 보인다. 사진 찍는 배경으로는 아름답
다. 여기서 파는 녹차 아이스크림은 맛있다. 단풍 아래 조금은 칼
칼한 바람을 안고 벤치에 앉아 떠든다. 아이스크림을 먹고 있는 우
리의 모습도 가을이다.

5. 남도 음식하면 당연히 홍어지

저녁을 먹으러 강진으로 간다. 강진은 바다가 아름답다.

다산 정약용 선생의 유배지인 강진에는 김영랑 시인의 생가도 있다. 고려청자 박물관도 강진에 있다.

다산초당은 정약용이 유배 생활하면서 후학을 가르치며 목민심서를 저술한 곳이다. 정약용 선생은 정쟁에 휘말려 유배 생활을 오랫동안 했다. 쓸쓸하고 괴로운 중에도 절망하지 않고 많은 저서를 남겼다. 본인은 불행했지만, 우리 역사에는 큰 업적이다. 학자 중에는 일선에서 바쁘게 어깨 세우며 살았던 선비보다 귀양살이하면서 후대에 빛나는 업적과 작품을 남긴 분들이 많다. 지나고 보면 어떤 게 불행이고 다행인지 모를 일이다.

다산초당까지 올라가는 건 일행들이 힘들어할 것 같다. 강진에

서는 저녁만 먹는 거로 되었다. 예향이라는 한정식집은 건물 자체
도 예술의 향기가 난다. 한옥은 정통으로 지으려고 노력한 흔적이
보인다. 그러나 성급한 현대인은 전통 한옥을 짓기에는 시간에 쫓
긴다. 큰 나무 기둥은 우람한데 갈라진 것을 보니 나무를 숙성하는
데 시간이 없었던 것 같다. 기둥으로 사용하는 나무는 바닷물에 3
년을 담가 말려야 한다는 얘기를 들었다.

개량 한복을 입은 단정한 종업원이 일행을 안내한다. 남도에 오
면 삼합은 기본이다. 손님들을 위해 조금 덜 삭힌 홍어가 나왔다.
그러나 홍어는 역시 코가 뻥 뚫어질 정도의 톡 쏘는, 그러면서도
메케한 특유의 냄새가 나는 게 홍어 맛이다. 전라도 사람은 집안의
대소사에 홍어가 빠지면 일을 치렀다고 하지 않을 정도다. 아버지
는 김이 모락모락 나는 두엄자리에 홍어를 파묻었다. 며칠이 지나
꺼내면 코가 찡하게 암모니아 냄새가 났다. 지금은 그런 홍어는 먹
을 수 없다. 고기나 생선은 숙성해야 맛있다고 한다. 썩기 직전에
먹어야 맛있다는 말이다. 고기와 해물과 나물이 계속 나오는 반찬
은 모양도 다양하다. 야채와 같이 갈아서 만든 떡갈비도 독특했다.
야채 탕수육도 특이하다. 홍어 찌개는 담백했다.

스웨덴에 갔을 때 들은 얘기다. 노벨상 수상자를 위해 파티할 때
는 수상자가 가장 좋아하는 음식을 내놓는 게 전통이라고 한다. 김
대중 전 대통령이 평화상을 받을 때 그분은 목포 홍어를 주문했다.
목포에서 비행기로 공수해 간 홍어 포장을 뜯는 순간 주방에 있던

모든 사람이 기절했다나 어쨌다나. 냄새가 지독한 음식을 먹는 건 우리만이 아니다. 유럽 사람도 청어를 숙성해 먹는데 홍어보다 더 지독한 냄새가 난다고 한다. 지금은 홍어가 근해에서 잡히지 않아 부르는 게 값이다. 국산 홍어는 돈이 없는 사람은 먹지 못하는 특별 식이다. 우리가 홍어라고 싸게 먹는 것은 대부분 가오리거나 아르헨티나 산이다. 우리 식탁도 이제는 국제적이다. 세계화를 부르짖더니 그야말로 여러 방면에 세계화가 된 것이다.

6. 코골이는 코골이끼리 자게 해야

저녁을 잘 먹고 호텔에 가기 위해 목포로 향했다. 산 위에 있는 현대 호텔은 전망도 좋다. 목포의 야경이 한눈에 들어와 화려해 보인다. 어두움은 때로는 감추고 싶은 것을 감추어 세상을 아름답게 보여준다. 주변엔 상점도 없이 이 호텔뿐이다. 예전에는 같이 모여 밤늦도록 낄낄거렸다. 간식과 맥주를 마시며 노래방에서 해방감을 만끽했다. 지금은 모두 피곤하다며 들어가 자겠단다. 문제가 생겼다. 일행이 다섯이라서 세 명이 한방을 써야 한다. 토실토실한 나와 비슷하게 토실한 친구가 한방에 자고, 날씬이 셋이 한방에 자면 간단하다. 더블 침대와 싱글 침대가 있으니 날씬한 사람끼리 더블 침대에서 자면 될 것 같다. 내 생각과는 달리 토실한 친구와 날씬한 친구가 후다닥 한방을 차지했다. 남은 셋이 한방을 써야 한다. 베개를 베는 순간 총무가 코를 골기 시작한다. 눈을 감고 시간을 보내는데 소리가 점점 더 높아진다. 차라리 리듬 있게 골면 안심이겠는데 숨이 멈출 때는 불안해서 더 말똥거린다. 몇 시간이 이렇게 지났다. 아예 화장실에 가서 문 닫고 잘까 하고 일어났다. 총무와 같이 누워 있던 친구도 나를 따라 일어났다. 둘이는 가장 멀리 떨어진 현관 앞으로 가 이불을 뒤집어쓰고 휴지로 귀를 막고 바닥에 누웠다. 막 잠이 들락 말락 하는데 무슨 일이냐는 듯 총무가 일찍 일어난다. 옆방에서 자던 친구도 잠을 못 잤다고 한다. 다음에는 코골이는 코골이끼리 묶어 방을 주어야 할 것 같다.

저녁을 많이 먹어 속이 편하지 않다. 나는 아침을 먹지 않기에 화려한 진수성찬 호텔 조식을 눈으로만 먹었다. 아침 식단은 간단하다. 그러나 이 호텔은 점심이나 다름없이 푸짐했다. 역시 돈은 위력이 있다. 돈은 넘치는 것도 모자라는 것도 좋지 않지만, 인간의 품위를 유지하는 데 꼭 필요한 것이다. 이 진리를 일찍 알았더라면 돈을 모으는데 더 맹렬했을 것이다. 학자도 선비도 아니면서 선비 같은 생각으로 살려고 했던 젊은 날이 어설퍼 보인다. 그래도 남에게 손 벌리지 않고 살아왔음에 감사하자고 스스로 위로한다.

7. 세월호 사고 날에는 안개로 배가 출항을 못 한다는

목포 유달산을 가기 위해 출발했다. 목포에 대한 이미지는 여러 가지다. 이난영 씨의 '목포의 눈물'은 모르는 사람이 없다. '목포는 항구다' 노래와 유달산에 관한 노래도 많다. 목포는 인물도 예술인도 많다. 그래서 사람들의 기억에 더 각인되었을 것이다. 지자체마다 치열하게 노랫말 경쟁을 하는 것도 선전효과를 노려서다. 지명도를 높이는 데는 예술인의 공로가 크다.

신항을 지나면서 가슴이 딱 막히고 답답해 왔다. 세월호 사고는 후손에게 변명할 수도 해명할 수도 없는 부끄러운 참사다.

사고는 우연이든 필연이든 우발적이든 계획적이든 날 수는 있다. 그러나 뻔히 보이는 눈앞에서 손만 내밀면 구할 수 있는데 죽어가도록 방치했다는 것은 도저히 용서할 수 없는 것이다. 거대한 권력의 기 싸움으로 이런 문제가 생겼다면 더더욱 용서해서는 안 되는 일이다. 이런 일을 쉽게 용서하면 언제라도 되풀이되어 우리 손주들도 당할 수 있는 일이다. 가이드가 말한다. 세월호 1주기, 2

주기, 3주기 날에는 항구에 안개가 가득 끼어 어느 배도 출항하지 못했다고 한다. 죽은 영혼들이 얼마나 억울하고 원통했으면 그런 일이 일어날까 싶다.

항구에 올라온 세월호 잔해는 녹슬어 가고 있다. 들어가는 입구에 노란 리본이 가득 묶여있다. 돌아오지 못한 다섯 명의 실종자 얼굴은 성장하지 못한 채 입구에 걸려있다. 그들 부모의 마음이 헤아려져 내 가슴이 아파져 왔다.

유달산은 잘 정리되어 있다. 별로 특별한 것도 없는데 목포의 유

달산을 보기 위해 관광객들이 찾는 건 지명도가 높아서다. 올 때마다 조금씩 달라져 있다. 이순신 장군의 동상은 모두 똑같아 너무 식상한 느낌이다. 광화문 동상도 너무 근엄해 거리감이 느껴지는데 여기 있는 동상도 똑같은 모습이다. 좀 더 편안한 마음으로 친근감 있게 다양한 모습으로 만들었으면 좋겠다. 장군의 모습도 있지만 온화한 아버지의 모습, 인간다운 고뇌의 모습도 있는 것인데 꼭 무섭게 칼을 차고 있는 모습이다. 북한의 김일성, 김정일의 동상도 근엄한 모습에서 활짝 웃고 있는 모습으로 바뀌었다. 우리 위인 상은 너무 근엄하다.

조각공원도 잘되어 있다. 편히 산에 올라갈 수 있도록 계단을 잘

해 놓았다. 어르신을 위해선지 케이블카도 운행한다. 그러나 자연을 인간 위주로 훼손하는 것 같아 좋아 보이지는 않는다. 자연은 있는 그대로 자연이 알아서 하도록 내버려 두는 것이 잘 보존하는 방법이다. 인간의 편의를 위해 무언가 자꾸 설치하고 손을 대면 그 자체로 망가진다. 얼굴에 성형하면 처음엔 괜찮아 보이지만 시간이 갈수록 흉물스러워 보이는 것과 같은 이치다. 너무 인공적인 유달산이 거세한 소 같다는 느낌이다.

8. 스님 닮은 갓바위

목포시 용해동 바닷가의 갓바위는 삿갓 모양의 바위를 일컫는다. 자연의 현상은 그렇게 보면 그렇고 저렇게 보면 저렇게 보인다. 관광 상품으로 이런저런 홍보를 한 덕이다. 두 개의 바위가 바닷바람에 침식당해 갓 모양으로 변한 것이다. 수백 년 후에는 다른 모양으로 변할 수도 있을 것이다. 이 바위를 보여주기 위해 해변에 나무판 다리를 놓은 게 별로다. 오히려 바다 풍광을 해치는 것 같다. 나지막한 산을 타고 갈 수도 있는데 굳이 해변으로 다리를 놓은 것이다. 요즈음은 어디 가나 이런 모습을 보는데 오히려 어울리지 않는 어색한 풍경 같다.

내려오는 전설도 여러 가지다. 회색이라 스님에 관한 전설이 많다. 스님의 복장과 비슷한 느낌이라 그쪽이 공감이 가서다. 그래도 두 개의 바위가 나란히 있는 게 덜 외로워 보인다. 요즈음은 어떤 상품이든 이야기를 담아야 한다. 때로는 전설을 만들기도 하고 소설화하기도 하고, 엉뚱한 스캔들을 만들기도 한다. 사람의 입에 자주 오르내리게 하는 게 판매 전략이기 때문이다.

점심은 영광에 있는 영광 보리굴비 정식이다. 제일 맛있는 집을 섭외했다는 가이드의 말이다. 여행사에서 맛 기행 상품을 판매하려면 주변에 많은 음식점을 돌아다니며 시식도 해 보고 손님이 흡족할 수 있는 분위기 좋은 집을 찾는다고 한다. 하기야 요즈음은 할머니들도 스마트폰으로 사진 찍어 전국에 알린다. 마음에 안 들면 댓글로 항의한다. 옛날처럼 어수룩하게 당하지 않는다. 영업하는 쪽에서도 적당히 할 수 없게 되었다. 지불한 돈이 아깝지 않다는 느낌이 들어야만 주변에 광고한다.

9. 영광에 영광은 지나가고 굴비 이름만 남았네

　영광하면 명절쯤 모든 사람의 머리에 각인된다. 선물용 굴비나 밥상의 조기가 유명하여 모든 굴비는 영광에서 나오는 걸로 안다. 그러나 영광도 시대 변화를 막을 수 없었다. 80~90년도와 지금은 풍경이 너무 달라져 있다. 예전에는 법성포 주변 가게마다 조기들이 가득가득 쌓여있었다. 소금에 절이는 작업에 열중하는 어민, 구경 오는 사람들과 파는 사람들로 시끌벅적했다. 굴비 음식점으로 늘비했었다. 사람 사는 맛이 났다. 그러나 지금은 너무 한산하다. 주변은 깨끗해졌고, 정리되어 있지만 박제된 도시 같다.

　인근 바닷가에서 조기가 잡히지 않는다. '있을 때 잘해'라는 노랫말처럼 조기가 풍성하게 잡힐 때 새끼들을 키우고 치어들은 일정량만 잡는 조치를 해야 했다. 너무 흐드러지게 잡아 싸게 팔고 씨를 말려버려 근해에 조기가 없다. 동해안의 명태도 그렇다. 가장 값싸게 먹던 서민의 생선이 가장 비싼 생선이 되었다. 영광은 원양어선에서 잡아 온 조기를 그동안 축적된 경험을 살려 여기서 간을 해 굴비로 만드는 일만 한다. 항구마다 찬란했던 시절을 그리워하는 몸짓이다.

　점심은 보리굴비 정식이다. 보리 굴비라는 이름에 대해 솔직히 궁금했다. 보리 굴비라는 이름을 얻게 된 것은, 다른 큰 의미가 있는 게 아니다. 바람에 말린 참조기를 항아리에 넣고 보리를 넣어 숙성한 굴비다. 냉장고나 김치냉장고가 없던 시절 곰팡이가 생기

지 않도록 하는 보관 방법이다. 알고 보니 그동안 흔하게 먹던 말
린 굴비다. 예전엔 그렇게 만들어 귀한 손님이나 제사상에 올렸다.
지금은 그런 일이 번거롭다 보니 새로운 상품처럼 보인다.

　음식점은 한가한 길 쪽에 근사하게 생긴 집이다. 이 집이 굴비
음식을 제일 잘한다고 한다. 음식과 접대는 부부가 도맡아 하는데
남자의 생김이 여자보다 더 여성스럽다. 개량 한복과 염색하지 않
은 꽁지머리와 웃음이 잘 어울린다. 딱 한정식집 주인이다. 어디를
가나 홍어가 나온다. 맛은 조금씩 다르다. 삶은 돼지고기와 묵은
김치는 단골 메뉴다. 상이 넘치게 각종 음식이 펼쳐있다. 굴비 정
식이라는 이름에 걸맞게 보리 굴비, 찐 조기, 조기 탕, 조기조림 등
조기로 할 수 있는 음식이 여러 종류 나온다. 주인이 보리 조기를
일일이 뼈를 발라 준다. 자기 집만이 유일하게 하는 조기 음식이라
며 이것저것을 먹어보도록 권한다. 말린 보리 굴비는 상당히 컸다.
그러나 수분이 없어 어르신은 씹기 어려울 듯하다.

　영광 굴비 전성시대가 지나니 새로운 수입원으로 모시떡을 만들

어 전국에 택배로 파는 집이 많이 생겼다. 일행 중에는 모시떡을 사겠다고 공장에 갔는데 시중과 별 차이도 없다. 금방 쪄 준다고 하더니만 냉동실에 보관된 것을 꺼내 놓자 많이 사지 않았다. 여행 중에 들고 다니는 것도 버거운 일이다.

　※ 몇 년 후 개인적으로 영광을 다시 찾았을 때 예전의 모습을 찾을 수 없는 영광군에 깜짝 놀랐다. 인구도 소멸하여 가는 어촌의 작은 군 소재지인데 혁명이 일어난 듯해서다. 시내는 말끔하게 정돈되었고 도로도 확장되었다. 무슨 좋은 일이 있는지 궁금했다. 이름처럼 영광이 다시 한번 영광스러울 것 같다.

10. 불교가 처음 들어왔다는 법성포

　영광에는 볼만한 게 많다. 불갑사의 꽃무릇도 유명하다. 불갑사절은 다른 절과는 조금 다른 느낌이다.

　절 안이 꼭 한옥마을처럼 오밀조밀 붙어있다. 좀 답답한 느낌이다. 법성포는 원불교 창시자가 태어난 성지다.

　소태산 박수빈 대종사(1891-1943)가 불교법전으로 공부와 수

양을 하던 차 큰 깨달음을 얻어 새운 교파가 원불교다. 불교의 영향을 받았지만, 불교와는 다른 신흥종교다. 근래에 우리나라에 생긴 신흥종교 중에 가장 건실하다고 인정받는다. 진리를 표현하기 어려워 원으로 표현했다고 한다.

20년 전에 왔을 때는 초가집 몇 채가 전부였다. 그 사이 성직자를 교육하는 대학도 생겼다. 국제 마음 수련회. 원불교에서 봉사하다 은퇴한 분들을 위한 수도원. 소태산 대각사의 행적을 기린 법당

과 공원을 단정하게 잘 가꾸어 놓았다. 원불교 신자들이 이곳에 성지순례를 많이 온다고 한다. 천도교, 원불교, 통일교 등이 우리나라에서 발생했다.

해변도로도 아름답다. 법성포(法聖浦)라는 이름은 불교가 처음 이곳을 통해서 들어왔다는 이름이다. 지리적으로 중국이 가까워 그럴 수도 있겠다.

백제불교 처음 도래지는 근래에 꾸민 관광지다. 정통 사찰도 아니다. 이곳에 세워진 사원은 중국식 같기도 하고, 인도식 같기도 하고, 남방계통의 문화 같기도 하다. 처음 이곳에 불교가 들어왔다는 것을 고증하려는 작업인 것 같다. 영광군에서 새로운 관광지로 조

성하는 곳이다.

그곳에 모셔있는 부처님의 얼굴은 우리와는 다른 모습이다.

머리에 터번을 쓴 모습이 이채롭다. 우리나라 부처님보다는 서양
인의 모습이다. 보살상도 그렇다. 토속적인 모습이다. 건축양식도
남방문화 쪽이라 좀 독특하다. 우리네 절과는 다른 새로운 모습이
라 흥미롭다. 어디나 똑같은 사찰이 있어 그게 그것인 것 같은데
좀 색다른 모습은 오히려 더 관심을 끌 수 있을 것 같다.

요즈음은 개성이 있어야 살아남는
시대다. 우리의 사찰이 아니라 동남
아 쪽의 문화가 그대로 느껴진다. 다
양한 것은 새로운 시각을 가지게 한
다. 바다와 어우러진 풍광은 참 아름
다웠다. 새로운 법성포의 발견이다.

현수교 다리도 예쁘다. 포구의 이미지보다 그림 같은 해변으로 변신한 것이다.

11. 언제 가도 선운사는 아름답다

올라가면서 고창 선운사 단풍을 보러 간다. 꽃무릇 축제로도 유명하다. 가을에 단풍을 보러 와야지 하고 벼르고는 2년 동안 오지 못했다. 단풍의 절정은 지났지만 남아 있는 단풍이 고왔다. 며칠 전에 왔으면 더 좋았겠지만, 며칠 후에 온 것보다는 지금 온 게 잘했다.

동화 속을 걷는 기분. 이 순간 단풍과 선들거리는 차가움과 짭조름한 쓸쓸함에 취하고 싶다. 평소에는 사진을 찍지 않겠다고 도망 다니는 친구가 사진 찍는데 정신이 팔려있다. 덕분에 혼자서 걸을 수 있었다. 이 시간을 주변에 신경 쓰지 않고 오직 나에게 주고 싶다. 내가 나한테 주는 애정의 표시다.

늦은 시간이라 사람도 많지 않다. 냇가에 떨어진 단풍잎은 흐르는 물을 화려하게 물들인다. 천천히 걸었다. 모든 풍경을 가슴에 새겨 놓으려면 천천히 바라보아야 한다. 이 환희로 당분간은 기쁘게 살아갈 것 같다. 가능하면 해마다 선운사 단풍을 보러 와야지. 하루를 시간 내면 일 년을 아름답게 추억할 수 있다. 몸이 힘들어 움직이지 못할 때는 추억을 되새김질하며 살아야 한다. 되돌아 기억할 추억이 없다면 얼마나 허전할까?

버스는 정읍역까지 데려다주었다. 일정이 끝났다. 가이드는 앞으로도 자기 여행사를 잘 이용해 달라며 여러 곳의 여행지를 추천해 준다. 여행사에 댓글을 올려 달라고 부탁한다. 자기가 안내를 잘했다는 칭찬의 말을 올려 주면, 회사에 고가 점수로 반영된다고 한다. 보아하니 댓글을 쓸 수 있는 어르신들이 별로 없는 것 같다. 인터넷이 사람을 감시하고 옥죄는 무기 역할도 한다.

서비스하는 사람도 일해 주고는 꼭 그런 말을 부탁한다. 친절하고 정확하게 일을 잘해주었다고 말해 달라고 한다. 갈수록 큰소리

치며 살기 어려운 세상이다.

정읍역에서 영등포역까지 기차로 간다. 정읍역에 도착하니 도시락 차가 먼저 와 기다린다. 도시락도 내용이 튼실하다. 기차 안에서 도시락을 먹으니 소풍 온 기분이다. 백성이나 국민이나 집안이나 친목계나 잘 먹여주면 불평불만이 없다. 다른 여행에 비해 돈을 많이 냈다는 생각보다 잘 먹었다는 생각으로 다들 행복해했다. 한 번쯤은 기억에 남는 일탈을 해 보는 것도 좋을 것 같다.

아름답게 기억되는 추억은 돈을 벌 때가 아니라 돈을 썼을 때의 기억이다.

3 경상도를 돌다

1. 밀양에 있는 성지 두 곳

아들이 직장 관계로 대구에 산다. 그런데도 경상도가 친근하지 못하다. 가보지 못한 곳을 배낭만 메고 혼자서 가보고 싶었다. 아들이 효도한답시고 며칠간의 휴가를 냈다. 그래 아들에게 효도할 기회를 주자. 자식 말을 잘 따라 주어야 하는 나이다. 휴일에 손자, 손녀, 며느리, 가족 모두가 나들이에 나섰다. 김범우 성인 묘지가 있는 밀양에 갔다. 밀양은 한번 가보고 싶었던 곳이다. 영화 밀양에 대한 호기심도 있고 남편의 본이 밀양 박씨이다.

김범우는 천주교 역사에 두 번째로 세례를 받았고 첫 번째 순교자

다. 한국천주교는 세계 선교사에 유례없는, 자청해 받아들인 신앙이다. 처음엔 학문으로 연구하다가 신앙으로 전환되었다. 학문으로 연구하고 토론하던 장소를 제공해 주다 붙잡혀 죽임을 당한 첫 순교자가 김범우 성인이다.

김범우 성인이 순교 당한 후 그의 후손이 성인의 시신을 찾아 선산에 모셨다. 산에 오르는 입구부터 예수님의 수난사 14처 형상이 큰 돌에 새겨있다. 다른 14처와 다르다. 절제 있게 핵심만 표현되어 있다. 묵상하며 기도하는 마음으로 보아야만 형상을 연상할 수 있다. 성지가 조성된 지 얼마 되지 않았다. 성당은 토굴 속에 있다. 제단 위 십자가가 특이하다. 성인의 시체를 팠을 때 나온 돌이다. 십자가 성물이 귀하던 때라 신자들이 큰 돌로 십자가를 만들어 같이 묻었다고 한다. 그 돌을 그대로 제단 위에 붙인 것이다.

작고한 송해 선생이 즐겨 먹었다는 국밥집이 있다고 해 그곳에

서 점심을 먹기로 했다. 재래시장 근처에 있는 국밥집은 30분을 기다려야 했다. 미식가인 애들은 기다린 보람이 있었다고 한다. 맛있는 돼지국밥집을 찾아 전국에 다니다가 시흥까지 왔었다는 아들 친구는 밀양의 국밥이 제일 맛있다고 했다 한다. 돼지 냄새가 나지 않아 깔끔한 맛이다.

가까운 표충사에 갔다. 충자가 충성할 충(忠)자다. 무언가 있을 것 같다는 생각이다. 역시 그렇다. 나라에 충성한 스님을 모시는 절이다. 임진왜란 때 목탁 대신 칼을 들고 싸우러 나간 사명대사, 서산대사, 영규대사의 호국정신을 기리고자 현종 왕이 표충사라는 이름을 내렸다고 한다. 사명대사 탄생지가 밀양이다. 들어가는 입구에 큰 가로수가 장관이다. 단풍 들면 아름다울 것 같다.

2. 김광석 거리는 밤에 가야 흥이 난다.

같은 곳이라도 밤과 낮의 느낌이 다르다. 특히나 관광지는 더욱 그렇다. 불빛이 사람의 감성을 여리게 만든다. 기억 속에 남아있는 예술인은 젊어 요절한 사람이다. 김광석 가수도 그중 한 명이다.

그의 죽음에 대한 의구심과 논란은 언론에 여러 번 재기 되었다. 확실한 건 모른다. 다만 아까운 가수가 일찍 떠났다는 아쉬움은 크다.

그의 노래가 지금도 우리 가슴에 절절히 스며들어와 슬픔을 되새기게 한다. 대구에 김광석 거리가 있다. 요즈음은 지자체에서 이유만 있으면 상품화해서 관광 상품을 판다. 김광석 씨도 이곳 대구에서 다섯 살까지 살았다고 하니 이곳에 흔적을 남긴 건 없다. 거리는 김광석에 관한 사진들이 진열되어 있다. 김광석의 얼굴을 붙여놓았다. 기타를 그려놓고 오가는 사람들이 같이 사진을 찍을 수 있게 했다. 어디 가나 사람들이 모이는 곳은 먹을거리가 즐비해 있고 소품들이 있다. 문화의 거리라기보다 장사의 거리다. 밤에는 라이브 가수가 야외에서 김광석 노래를 부른다. 야스러운 불빛이 젊은이들의 감성을 들어내게 한다. 민망할 정도의 애정 표현도 서슴없다.

대구하면 팔공산이 떠오른다. 우리나라 정치계를 좌지우지한 대
통령이 여섯 명이 배출되었다. 특히나 두 명의 박씨 대통령의 뿌리
가 대구다. 대구의 정서는 다른 지역의 정서와 다르다. 날씨도 유
별나고 사건 사고도 유별나다. 팔공산의 기를 받았다는 자부심도
유별나다. 팔공산은 다섯 개의 시 군에 걸쳐있는 1,193m 높이의
산이다. 버스를 타고 도착하니 등산객들이 한 방향으로 오른다. 간
단한 차림으로 온 나도 그들의 뒤를 따랐다. 갓바위에 간다고 한
다. 지도를 보니 그 정도는 괜찮을 듯했다. 계속 오르막길이라 헉
헉거린다. 중국 황산도 정상을 정복했는데 이쯤이야. 그러나 예전
같지 않다. 중간쯤 오르니 1,365개의 계단을 올라가야 한다는 표
지판이 있다. 순간 덜컹했다. 갈 데까지 가보자는 오기가 생겼다.

산에 대한 도전이 아니라 나에 대한 도전이다. 돌계단을 오르고 올라도 마냥이다. 쉬었다가 또 쉬고 하면서 손잡이를 잡고 헉헉거렸다. 중간에 이런저런 절들이 있지만 별 관심이 없다. 어느 형상은

부처의 모습이 아니고 중국의 선비 같은 모습이다. 그곳에도 사람들은 큰절한다. 절하고 탑 쌓기 좋아하는 우리 민족이다. 오르고 또 오르니 갓바위에 도달했다. 부처가 갓을 쓰고 있는 모습이다. 많은 사람이 모여 큰소리로 통성기도를 하고 있다.

　요즈음 경기가 좋지 않아 기도하는 사람들이 더 늘었다고 한다. 노오란 국화가 부처상 계단과 주변을 환하게 한다. 이곳까지 화분을 들고 힘들게 올라왔을 정성이 감동이다. 갓을 쓰고 있는 부처의 모습이 때로는 갓을 쓴 선비의 모습과도 같다. 그래서일까 수능시험, 대학 시험, 고시를 봐야 하는 수험생이나 그 부모들이 이곳에 온다. 여기서 기도하면 잘 이루어진다는 소문이 소문을 끌어들여 넓은 자리가 꽉 찼다.

3. 박 대통령을 열렬히 사랑하는 서문시장

버스를 타면서 사용하던 버스 카드를 갖다 댔다. 기계가 거절한다. 다른 카드를 냈다. 또 거절한다. 속으로 투덜거렸다. 대구는 역시 유별나구나. 기사한테 물었더니 호환이 안 된다는 것이다. 서울·경기에서 사용하는 교통카드는 대구에서 쓸 수가 없다는 것이다. 만 원을 냈더니 잔돈이 없다고 한다. 승객들에게 큰소리로 물었다.

"잔돈 바꿔 줄 사람 있어요?" 아무도 대답이 없다. 기사가 있는 대로 내라고 한다. 달랑 100원만 냈다. 골목 투어라는 안내판을 보았다. 기사한테 물으니 골목 투어가 시작하는 곳에 내려 주었다. 미니버스가 관광객이 원하는 장소에 내려주면서 한 시간 단위로 돌아다니는 상품이다. 첫 출발지라 혼자다. 요금은 3천 원이다. 내가 가본 곳은 지나가고 가보지 못한 곳에서 내려 구경하고 다음 차를 타면 된다. 김광석 거리에서 사람들이 많이 탔다. 내가 안내양 노릇을 했다. 기사 혼자서 대답하고 요금 받기에 감당이 안 되어서다. "오늘 둘이 동업합시다" 고맙다는 인사다. 서문시장에 내렸다. 명절 전 서문시장에 큰불이 나 희생이 컸다는데 원체 큰 시장이라 다른 곳에는 영향이 없는 듯하다. 대구가 서울·부산 다음으로 세 번째 대 도시였다. 근래 인천에 3위 자리를 내주었다. 서문시장은 여러 면에서 유명세를 탔다. 특히나 박근혜 전 대통령의 근거지고 터전이다. 지금도 할머니 중에는 충성심이 강해 말 잘못하면 싸운다고 한다. 시장 곳곳에서 태극기부대가 마이크로 떠들고 있다. 태극기까지는 이해하는데 왜 미국 국기까지 흔들고 있는지 이해가 안 간다. 맹목적인 그들의 충성심이 경이롭기까지 하다.

섬유와 신발의 본산지답게 옷들이 많다. 저 많은 옷을 누가 다

사 입을까? 궁금하다. 섬유와 신발이 사양 업종이 되면서 대구 경기도 내리막길이다. 더욱이나 대구 시민의 우월감에 배타적인 성격으로 기업체가 쉽게 들어오지 않아 경기가 더 어려워졌다는 평도 있다. 어느 강사가 한 말이다. 전국을 순회하며 똑같은 내용의 강연을 해도 거의 다 비슷한 반응을 보이는데 대구는 아니란다. 똑같은 내용의 말을 해도 반응 없이 싸늘하다는 것이다. 사람이든 사회든 경직된 것은 도태된다. 가장 유연한 것이 최후의 승자다. 사계절 푸른 정기를 자랑한다며 칭송받는 소나무는 부드럽게 타고 오르는 칡으로 죽는다.

노점에 먹을거리도 많다. 모양이 특이한 호떡을 사 먹었다. 다른 호떡은 동그란 모양인데 이건 길쭉하다. 가격도 비싸다. 내용물에 견과류가 들었다. 경쟁에 이기려면 남들보다 독특하고 달라야 한다. 전국에서 국수를 가장 많이 먹는 곳이 대구다. 서문시장 안에 국수 골목이 있다. 가격 대비 맛도 괜찮다.

4. 청라언덕은 개신교 성지다

서문시장 건너편에 청라언덕이 있다. 청라언덕이라는 이름에는 동경과 낭만이 깃든 감정이 서려 있다. 학창 시절에 즐겨 불렀던 노랫말이다. 고향이 대구인 박태준 씨가 동무 생각이라는 노랫말에 이은상 씨가 곡을 써 알려지게 되었다. 청라언덕이라는 말은 푸른 담쟁이가 있는 언덕이라는 뜻이다. 백합화는 좋아했던 여학생을 은유적으로 지칭했다고 한다. 한 소절의 노랫말이 이곳을 유명한 장소로 만들었다. 나지막한 언덕은 프랑스의 몽마르트르 언덕을 연상하게 한다. 이곳은 개신교 성지다. 천주교가 100여 년의 박해를 받으며 기독교 기반을 닦았다. 이후에 개신교 선교사들이 들어와 개신교는 피 흘린 순교지가 별로 없다. 청라언덕은 미국인 선

교사가 들어와 미국식으로 집을 지어 살았던 곳이다. 규모는 작지
만 아담하고 예쁘다.

1900년대 일제에 의해 읍성이 헐리게 되자 그 돌을 주춧돌로 사

용했다고 한다. 지금 선교사 스윗즈 주택은 선교박물관이다. 개신
교에 관한 사진, 선교, 유물들이 전시되어 있다. 챔니스 선교사가
살았던 집는 의료박물관이다. 당시에 의료 장비가 소장되어 있다.
블레어 선교사가 살았던 집은 3.1운동 사진이나 민속자료 등이 전
시되어 역사박물관으로 사용하고 있다. 선교사 집은 혼자 살았던
게 아니고 여러 명의 선교사가 살았다. 파견된 목사님들이 사택처
럼 살았던 곳이다. 당시만 해도 목사님들은 정말 순수하게 예수님
의 가르침대로 헌신하며 살았다.

옆에 있는 동산병원은 당시 의료시설이 낙후했던 조선의 어려

운 사람들에게 많은 혜택을 주었다. 120년이 지나오는 동안 동산 병원이 지역에 미치는 영향은 지대하다. 교육, 의료, 신앙 이 모든 것을 병행하면서 힘들게 살았을 선교사들을 위해 묵상해 본다. 편안하게 잘 살 수 있는 고국을 떠나 고생길을 자청해 왔다. 부모 형제를 평생 볼 수 없는 외로움을 감수하면서도 가장 가난한 이 나라에 왔다. 오직 하나님의 말씀을 전하겠다는 일념으로 여기에 왔다. 정치적으로도 불안하던 때다. 숙연해진다. 선교사들과 가족들의 묘지가 '은혜 정원'에 묻혀있다. 14개의 묘석은 화려하거나 웅장하지 않다. 가슴이 감동으로 가득하다. 지금은 우리가 빛을 갚아야 할 때다. 다행히도 지구촌의 어려운 곳에 우리 선교

사들이 나가고 있다. 100년이 흐른 후에 그곳 지역민도 이처럼 우리 선교사들의 업적을 기렸으면 한다. 그만큼 충실했으면 한다.

예전에는 대구 사과가 유명했다. 처음 우리나라에 들어온 사과나무 자손이 자리하고 있다. 밑의 계단으로 3.1운동 길이다. 계단에 태극기가 층층이 꽂혀 있어 척 보아도 알 수 있다. 언덕 위에는 멀리서도 웅장하게 보이는 제일교회가 있다. 엄청나게 크다. 오래된 역사만큼이나 이 지역의 자랑이기도 하다.

4. 서상돈- 그 위대한 삶에 경의를 보내다

청라언덕 길 건너에 계산 성당이 있다.

서울과 평양 다음으로 세워진 서양식 건물이다. 로베르 프랑스 신부가 지었다. 당시에는 드물게 고딕양식이다. 건물 양쪽에 높이

솟은 십자가 받침은 쌍둥이 같다. 하느님과 좀 더 가까이 가고 싶다는 욕망의 표현일 것이다. 주교좌성당이라 큰 행사를 많이 한다. 잘 다듬어진 나무들이 아름답다. 길옆이라 관광객들로 몸살을 앓는다고 한다. 주변에 신문사, 방송사, 유명하다는 다방, 오래된 문화유적

이 많다. 근처에는 유명한 약령시장과 한의약박물관도 있다. 제천과 약령시장의 한약 골목은 우리나라에서 제일 크다. 축제도 크게 한다.

성당 벽을 돌아가면 옛 대구의 역사를 보여주는 기록 사진들이 크게 확대되어 붙어 있다. 두루마리를 들고 갓을 쓴 프랑스 선교사 신부의 옷차림이 정겹다. 신부들은 국채보상운동에 적극적으로 앞장선 서상돈 씨와 계산 성당을 짓기 위해 자주 만났다고 한다.

서상돈(1850-1913)씨는 대구가 자랑하는 큰 인물이다. 순교자 집안에서 태어났다. 박해로 집안이 어려웠다. 생계를 꾸려야 해서 18세 무렵부터 장사한다. 당시 김수환 추기경의 외할아버지와 천주교 신자들의 도움으로 보부상을 한다. 사업이 잘되어 큰 부자가 되었다. 그러나 천주교 박해로 친인척을 잃고 전교와 구제 활동에 전념한다. 성당 건축과 교육사업에 적극적으로 지원했다. 교과서, 신문, 잡지도 발간하고 독립협회에도 적극적으로 참가한다. 대한제국이 일본 돈을 빌려 빚더미에 올라 있을 때 빚을 갚지 못하면 나라가 망한다는 생각으로 1907년 1월 29일 국채보상운동을 발의한다. 술 담배를 끊고 나랏돈을 갚자는 운동은 전국적으로 호응받았지만 성공하진 못했다. 국가부도 당시에 우리 국민이 보여준 금 모으기 운동처럼 나라가 위험할 때 우리 국민은 힘을 합쳤다. 서상돈 씨의 업적을 기리기 위해 대구시에서 송덕비, 국채보상운동기념관, 기념비를 세웠다. 서상돈 위인의 정신이 더욱 빛났으면 좋겠다. 국채보상운동 기록물은 유네스코 세계기록유산에 등재되었다. 우리는 돈을 많이 가지고 있는 부자들을 경시하는 게 아니다. 서상돈 씨처럼 돈을 가치 있고 보람 있게 쓴다면 존경받는 부자가 될 것이다. 신앙의 정신으로 살았기에 훌륭한 삶을 산 듯싶다. 서상돈 씨의 고택은 이상화 시인의 고택과 마주하고 있다. 옛집을 고증했을 터인데 너무 현대식으로 지어 고택이라는 느낌이 들지 않는다. '빼앗긴 들에도 봄은 오는가?' 학교 다닐 때 한 번쯤은 외었을 이상화 시인의 시다. 계산동 성당 담을 지나 골목길로 들어가면 담벼락에 이 시의 전문이 적혀있다. '들을 빼앗겨 봄조차 빼앗기겠네' 읽을수록 당시의 아픔이 전해온다. 일제 강점기에 분노를 표출하기 어려웠던 지식인들의 고뇌와 지적 저항, 당시에 대구 사람들의 정신은 지금과는 많이 다르다는

느낌이다. 누가 그렇게 만들었을까?

5. 자수정 동굴에서의 아쉬움

아들네와 외식하고 성당못 호수 둘레 길을 산책한다. 호수 이름은 천주교와는 상관없는 이름이다. 옛날에 호수 터가 임금이 날 명당 자리라고 해 집을 짓지 못하게 연못으로 만들었다고 한다. 그래서 인공호수로 만들었나 보다. 밤의 야경도 멋지고 음악에 따라 춤추듯 흐르는 분수 쇼도 아름답다. 호수 안은 밤인데도 젊은 연인들이 오리배를 타고 있다. 아름드리 큰 나무가 멋지게 주변을 장식한다. 수성구의 집값이 비싼 건 이 성당못도 한몫했다.

나와 시간을 가지기 위해 회사에 휴가를 냈다는 아들이 고맙다. 아들 집에 자주 가지는 않는다. 가야 오래 머물지도 못하는 성격을 아는 아들 내외가 경상도를 돌아보겠다고 작심한 나를 위해 나름 준비한 것이다.

"어머니 왜 그렇게 서두르세요?" 며느리 물음에

"너도 내 나이 되어봐라! 마음이 급해지지" 했다. 주변 친구들이 다리가 아파 움직이기 싫어하는 게 남의 일 같지 않다. 내게도 그럴 가능성이 다가온다는 징조다. 서두르지 않을 수 없다. 미루다가 후회하기 전에 하고 싶을 때 하고 후회하지 말아야지. 그동안 살아온 깨달음이다.

울주군 삼남면에 있는 자수정 동굴에 갔다.

자수정 동굴이 있는 줄 몰랐다. 세계에서 우리나라 자수정이 질이 제일 좋다. 한참 자수정을 채굴할 당시에는 우리의 가공 실력이 없어 원석으로 싸게 팔았다. 가공 기술이 세계적이라고 하는 지금은 자수정 원석이 없다. 참 안타까운 일이다. 일제 강점기에 일본인들이 열심히 채굴해 갔다. 나머지도 싸게 수출하고 지금은 폐광상태다. 젊어 한때 소공동 지하 쇼핑 매장에 진열된 자수정 목걸이에 넋이 나갔다. 지나갈 때마다 쳐다보던 때가 있었다. 지금도 몸에 장신구를 붙이지 않는 성격인데 그때 그렇게 예뻐 보이던 자수정 목걸이는 엄청 비쌌던 기억이 난다. 자수정 동굴을 가고 싶었던 건 그 기억 때문일 것이다. 동굴 근처엔 어린이 놀이동산 체험 장 등 손님을 유치하기 위한 시설이 많았다. 그러나 낡아 있어 많이 찾지 않은 것 같다. 오래전에 개발된 동굴이라 시설이 뛰어나지는 않다. 동굴 속에 자수정 찜질방이 있어 누워있으니, 피로가 가시는 듯하다. 아예 먹을 것을 싸 들고 진을 치고 있는 사람도 있다. 자수정이 몸에 좋다는 원적외선이 다른 보석에 비해 많이 나온다고 하니 시간이 있으면 오래 눕고 싶었다. 진열대에 자수정 장신구를 팔

고 있다. 아들이 팔찌 하나 사주겠
다고 한다. 이제는 있는 것도 정리
해야 하는 나이라 거절했다.

6. 동화처럼 아름다운 간절곶

　간절곶은 울주군 서생면에 있
다. 호미곶처럼 동해안에 돌출되
어 있어 해가 제일 먼저 뜨는 곳이
라고 서로 우기고 있다. 포항의 호
미곶과 간절곶 어디에서 해가 먼
저 뜨든 몇 분 차이다.

　간절곶은 영화 속에 나오는 이
국적인 풍경이다. 파란 바다색과
드넓은 초록 잔디가 조화를 이룬
다. 가슴이 탁 트인다. 풍차가 이국적인 배경을 부추긴다. 카페와
펜션 건물도 예쁘다. 사람도 많지 않아 동화 속 주인공 같다. 우리
나라에도 이런 경치가 있다는 게 새삼스럽다. 그런데도 많이 알려
지지 않았다는 게 오히려 더 이상하다. 지금도 해변 산책길은 공사
중이다. 곳곳에 사진 대를 설치해 사진 찍기 좋게끔 배려한 게 좋
아 보인다. 오길 잘했다. 언덕 위에 '울산 큰 애기' 노래비가 있다.

가수 김상희 씨의 히트작이다. 울산을 널리 알린 홍보 노래다. 멋지게 생긴 하얀 등대, 엄청나게 큰 우체통, 그곳에는 편지를 쓰는 종이도 준비되어 있었던 것 같은데 이미 동이나 있다. 대신 벽이나 우체통에다 썼는지 낙서가 많다. 무언가 남기고 싶은 본능은 외국의 유적지에다가도 써 놓아 세계인의 눈살을 찌푸리게 한다. 사진을 찍을 장소로 만든 곳에는 로마자 알파벳으로 간절곶이라 써 놓았다. 외국인을 의식해서인지 멋스럽게 보이려고 일부러 그

렇게 했는지. 우리 한글도 잘 디자인하면 멋있을 것이다.

7. 죽어서 부활한 대통령과 살아있지만 죽은 대통령

아침에 아들이 운동하고 온다며 집에서 쉬란다. 몇 시간을 집에 혼자 있으니 가고 싶었던 곳에 가보고 싶어 집을 나섰다. 택시를 탔다. 대구 지리를 잘 알지 못해서다. 서부 시외버스터미널에 가자고 했다. 기사가 어디를 가느냐고 묻는다. 김해 봉하마을에 간다고 했다. 동부고속버스터미널로 가야 한다며 우긴다. 내가 검색해 보니 서부라고 하던데. 의아해하면서도 대구 택시 기사가 더 잘 알겠거니 했다.

"김해공항에 내려서 즐겁게 놀다 오세요." 동대구역이다. 여기서는 김해공항 가는 차만 있다. 택시 기사가 봉하마을을 가지 못하게 일부러 그런 게 아닌가 싶어 울화가 치밀었다. 아! 여기가 대구로구나. 노무현 대통령은 대구 시민 정서에 맞지 않는 대통령이다. 다시 택시를 타고 서부 터미널을 가려고 물으니 이만 원이 나온다고 한다. 전철을 타려고 하니 내가 쓰던 교통카드를 안 받는다. 다른 카드를 냈더니 사용할 수 없다고 한다. 역무원이 나오더니 500원짜리 동전만 한 우대권을 준다. 교통카드는 경기도에서만 사용할 수 있다고 한다. 서부 터미널에 가 김해 가는 차표를 달라니 차가 금방 떠났고 다음 차는 한 시간 반 후에나 있다고 한다. 왕복 7시간이 걸린다는데 시간이 안 맞는다. 포기하고 아들 집으로 돌아왔다.

노무현 전 대통령의 생가를 10년 전에 가보았다. 노무현 대통령의 비보를 들으며 안타까워했다. 성경에도 앞서가는 예언자는 항상 핍박받고 비난의 대상이었다. 세월이 한참 지난 후에야 그 진가를 인정받는다. 나는 노무현 대통령이 추구한 뜻이 20년 후에는 부활할 거로 생각했다. 그러나 국민의 의식은 더 빨리 깨어났다. 10년이 지나 그는 부활했다. 국민에게 이상을 심어준 사람과 자기의 지위를 지키려는 아집을 가진 권력자의 실체를 이제야 국민이 눈 뜨고 보게 된 것이다.

아방궁을 짓는다고 비아냥거렸던 보수 언론들이 물고 늘어진 아방궁의 실체를 보고 싶었다. 노 대통령이 기거하던 집을 언젠가는 국민에게 돌려주겠다던 약속을 지켜 그 집을 개방했다고 해서 직접 보고 싶었다. 아들 차로 가니 오전에 헤맸던 게 오히려 잘되었다 싶다. 혼자 갔으면 고생했을 뻔했다. 교통이 너무 불편해서다. 예전에 노란 팔랑개비가 온통 둘러싸였던 마을 분위기와는 많이

달랐다. 아마도 그때는 원한이 삭여지지 않아서였을 게다. 사람들이 입장권을 받기 위해 줄을 서고 있다. 입장은 무료다. 안내원이 인솔하는 차례를 기다려야 한다. 다행히 우리 차례까지 입장하게 되었다. 대나무 길을 돌아 간 대통령의 집은 너무도 편안해 보인다.

자연을 그대로 이용해 지은 집이다. 아래에서 보면 이층이고 위에서 보면 단층이다. 입구에 있는 차고에는 평소에 쓰던 검은색 승용차가 두 대 있다. 선거 때 쓰던 차와 대통령 시절에 사용하던 차다. 그리 비싼 차는 아니다. 안내자는 단정하게 검은 정장을 한 여자다. 30명 정도의 일행은 안내자의 설명을 들으며 집안을 구경한다. 산자락 밑에 양지바른 터다. 한옥 구조인데 양식으로 지었다. 작달막한 나무들이 정감 있다. 주렁주렁 감을 달고 있다. 골고루 심어진 나무는 기념식수로 지방이나 단체에서 심어준 나무다.

잔디가 심어진 마당은 지형 그대로를 이용했다. 노 대통령의 부탁이었다. 자연을 훼손하지 않은 범위 내에서 사람과 가장 친근한

건물. 나중에 국민에게 돌려주어야 한다는 생각으로 설계한 집이다. 단아하면서도 화려하지 않다. 한옥 구조와 양옥의 장점을 살려조금 불편한 것 같지만 실용성 있게 설계했다고 한다. 식탁과 거실이 많이 떨어져 있다. 밥을 먹으려면 한참을 돌아가야 하는 구조다. 응접실과 서재 방, 경호원들의 집무실도 한 공간에 있다. 사람을 좋아하는 노 대통령은 항상 같이 있어야 하는 경호원과도 한 가족처럼 한집에서 살게 했다. 경비도 줄이고 실용성을 택한 것이다. 집 구조는 전형적인 한옥의 ㅁ자형이다. 창문을 넓게 해 산의 소나무가 병풍처럼 보이게 했다. 거실 창문으로 부엉이바위가 그대로 보인다. 포근하고 편안하고 아늑하다.

아들은 자기가 꿈꾸어왔던 집이라며 환호성을 지른다. 그러나 막상 살려면 관리하고 잔디에 풀 뽑는 게 감당이 안 될 것 같단다.

평당 몇천만 원 하는 땅에 호화주택에 사는 대통령과 몇만 원 하는 땅에서 소박한 집에 사는 대통령. 과연 누가 아방궁에서 사는지 묻고 싶다.

친환경 농사를 짓겠다고 고향에 내려온 역대 대통령이 우리 역사에 있었던가?

8. 패러글라이더를 타고 하늘을 날다

아들이 패러글라이더를 타겠느냐고 물었다. 그러잖아도 하늘을 날고 있는 우아한 모습을 보면서 어떤 기분일지 느껴보고 싶었던 차다. 놀이동산에서 놀이기구를 태워주지 않는다고 항의하던 시어머님 기억이 난다. 노인에겐 위험해 제한된 기구가 있다. 내가 이제 그 나이가 되어간다는 느낌이다. 아들이 청도에 예약했다. 둘이

청도에 갔다. 사무실은 허름하다. 10분에 10만 원이라고 한다. 겨우 10분 타는데 뭐 그리 비싸냐고 했다. 그러나 비싼 게 아니다. 600m 높이의 산으로 이동하고 장비도 많다. 혼자 준비하는 게 아니고 네 명 이상이 필요하다. 타는 사람이 준비하는 것도 있다. 안전한 옷을 입고 헬멧을 써야 한다. 출발할 때와 내려올 때 발을 어떻게 움직여야 하는지 간단한 교육

도 받는다. 동영상 촬영하는 카메라도 들고 있어야 한다. 혼자 타는 게 아니라 조종사가 뒤에 타서 알아서 해 주니 하늘에서 맘껏 즐기면 되었다. 가을 산이면 더 좋을 것 같다. 초보자는 10분 이상 타면 멀미한다. 새로운 경험과 추억 하나를 만들었다.

우리나라에서 제일 유명하다는 복권방에 갔다. 현재 1등 당첨이 무려 25회다. 1등 당첨이 많이 나온다는 소문에 전국에서 복권을 사러 온다. 문 열면서부터 문 닫을 때까지 줄 서서 기다린다. 우리도 줄을 섰다. 횡재에는 운이 없는 걸 진즉에 터득한 나도 호기심에 만 원어치를 샀다. 내 것은 아들이 사주었다. 당첨되면 아들네 다 주겠다는 인증 사진도 찍었다. 복권 가게 자리는 복권이 너무 잘 팔려 1년에 한 번씩 복권 당첨이 되는 셈이다. 기대했지만 역시 꽝이다. 나는 일하며 살라는 하느님의 계시다. 아들네도 그랬다. 그 회차에도 2등 당첨이 나왔다고 한다. 많이 팔려서 확률이 높은 건지 자리가 명당자리인지 주인이 복이 많아서인지 알 수는 없다. 혹시나 하고 기대하며 복권방 앞에 줄 서 있는 사람들의 심정도 이해가 간다.

9. 전통과 역사가 살아있는 안동

안동은 경상도의 상징적인 시다. 며느리의 고향이 안동이다. 사돈이 돌아가셨을 때 조선시대 사대부 집안에서나 입었을 법한 상복을 입고 손님을 받는 아들을 보고 타임머신을 타고 300년 뒤로 돌아간 느낌이었다. 많이 변화하긴 했지만, 안동은 지금도 전통과 자존감이 강하게 남아있다. 엘리자베스 영국 여왕이 안동을 오고 싶어 했던 것도 살아있는 전통을 보고 싶어서였을 것이다. 하회마을은 임진왜란 때 우의정으로 있으면서 이순신 장군 편에서 임진왜란을 준비하고 치렀던 명재상 유성룡의 고향이다. 임진왜란이 끝나고 나서도 앞으로는 이런 국란이 없기를 바라는 마음으로 징비록을 썼던 분이다. 하회마을은 낙동강이 S자로 마을을 감싸고 흐른다. 예부터 강이 있는 마을에는 문명이 발달했다. 농사를 지을 수 있어 풍요롭게 살아갈 수 있었다. 이 땅을 알아보고 터를 잡은 풍산 류씨의 선조 덕에 600년의 전통을 이어가며 세계 유산으로 등록되었다. 한 가문이 한 곳에서 600년을 지낸다는 것은 세계사에도 드문 일이다. 기와집과 초가집이 어우러지는 한적한 마을은 평화로워 보인다.

강물이 마을을 휘감아 도는 형상이 배 모양이라 닻의 역할로 마을 한가운데 느티나무를 심었다는데 신격화되어있다. 느티나무가 꼭 해산하는 여인의 모양을 하고 있어 아기를 바라는 여인들이 이곳에 와 기도하면 소원이 이루어진다는 설도 있다.

지금은 애를 많이 낳는 시대가 아니라서 복을 비는 하얀 종이들이 새끼줄에 가득 묶여있다. 소원을 적어 매달기도 한다. 보름날에는 불에 태워준다고 한다. 사람이 사는 마을이라 아무 집이나 들어갈 수 없다. 강가 옆으로 소나무 만주를 심은 건 바람막이용이다. 아주 멋지게 자랐다.

강 건너 병풍처럼 보이는 부용대 옆에 옥연정사가 있다. 류성룡 선생이 관직에서 물러나 낙향한 후 징비록을 집필한 곳이다. 조선

시대에 귀양 갔던 분들은 오히려 현직에 있던 사람보다 후대에 더 높은 평가를 받는다. 그중에는 그분들이 남긴 저서가 한몫했다. 시간이 많다 보니 그림이나 글, 서예, 작품을 많이 남겼다.

귀공자 모습으로 연예계를 풍미했던 류시원 씨의 별장이자 엘리자베스 여왕이 생일상을 받았다는 장소는 개인 집이라 들어가 볼 수 없다. 몇 번을 와 봤지만, 항상 변하지 않고 그 자리에서 기다려 주는 친정어머니 같은 마을이다.

병산서원은 하회마을 변두리에 있는 교육기관이다. 주변이 산으로 둘러있고 강 물살이 세어 재산이 쌓일 터는 아니나 공부 자리에는 딱 맞은 장소라고 이곳에 서원을 세웠다. 공부하는 사람은 과거 급제하여 빨리 이동해야 한다는 의미라고 한다. 옛사람들은 의미와 뜻을 많이도 고려했다.

7폭의 병풍산에 어울리게 입구에 있는 만대루 건물 기둥을 7개로 했다. 세계 유네스코에 등재된 병산서원에는 목책판(木冊板)이 있다. 우아하게 심겨있는 배롱나무는 껍질이 잘 벗겨진다. 청백리

(淸白吏)를 상징하기에 선비들의 집에 많이 심어 놓았다. 노크 장치가 없던 옛 뒷간을 달팽이 모양으로 만든 게 재미있다.

　안동 하면 상징이 하회탈이다. 탈 공연은 주말에만 한다. 양반탈, 각시탈, 할미탈, 스님탈, 여러 종류의 탈 모양을 쓰고 탈춤을 공연한다. 양반들의 허식과 위선을 해학으로 비웃을 수 있는 억압을 풀어내는 탈출구다. 타락한 중을 빙자해 당시 시대상의 문제점을 고발한다. 탈 공연은 밍밍한 것 같으면서도 담백한 느낌이다. 요즈음 너무 자극적인 쇼를 많이 봐서일 것이다. 하회탈 모양을 한 제과 빵도 맛있다. 안동찜닭은 다른 데서 먹는 맛과 비슷한 것 같은데 묘하게 달랐다.

대구 중심가에 있는 성모당 성지에 갔다. 1918년에 완공했으니, 100년이 넘었다. 프랑스 루르드의 성모 동굴과 거의 비슷하게 만들었다. 대구 시내에서 제일 높은 언덕 위에 자리한다. 나무들이 울창한 게 오래되었음을 증명한다. 하필 이날은 대구 천주교 신자들의 기념행사가 있어 마당이 꽉 차게 모여 미사를 드리고 있다. 기차 예약 시간 때문에 대충 둘러보고 뒤로 돌았다. 안쪽에 성당, 수도원, 교육관, 사무실, 선교관, 주차장이 어마어마하게 넓다. 부동산이 많아 수도원이 제일 부자라고 한다. 실감이 간다. 옛날 수도원은 기도하기 위해 조용한 자리를 찾다 보니 외진 곳에 버려진 싼 땅을 많이 보유했다. 지금은 주변이 개발되어 신도시가 되고 중심이 되어있다.

수녀나 수사님이 돈을 벌려고 애쓰지 않았는데도 하느님이 부자를 만들어 준 것이다.

8 전설이 만든 거문도와 백도

1. 벼르던 거문도 백도

　몇 년 전부터 거문도 백도를 가려고 시도하다 못 갔다. 풍랑이 일어, 태풍이 와서, 장마철이라서 여러 핑계가 여행을 취소하게 했다. 여행 카페에서 거문도 백도 여행 계획이 떴다. 무조건 신청했다. 1박 3일 일정이다. 밤 11시에 부천에서 버스가 출발해 밤새도록 달려 새벽 여섯 시에 고흥 나로도항에 도착했다. 새벽 5시 40분이다. 아침은 7시에 먹는다고 하니 한참을 바닷가에 정차한 차 속에서 기다려야 했다. 나처럼 혼자 온 젊은 여자가 셋이다. 보아하니 일행 중에 내가 제일 어른이다. 버스에서 밤을 지새우는 여행은 피곤하다. 자는 것도 아니고 안 자는 것도 아니다. 더욱이나 낮에 열심히 농장 일하고 왔던 터라 더 힘들다.

　고흥은 다른 섬에 비해서 부촌이다. 관광지도 많고 우주항공센터도 고흥에 있다. 아름다운 공원으로 지정된 소록도 고흥이다. 주소는 여수시 삼산면이다. 여수와 제주도의 중간쯤이다. 부산 쪽에서 오는 사람은 여수에서 배를 타고 나로도항을 거쳐 간다. 우리는 서울 쪽에서 왔기에 직접 고흥으로 갔다. 우리나라 최남단에 있는 섬이라 백도에서 조금만 더 가면 일본이다. 거문도와 백도의 아름다운 풍광이 있어 다도해해상국립공원으로 지정되었다.

 항구 옆 식당에서 아침을 먹었다. 식당 주인은 새벽 두 시부터 나와 아침을 준비했다 한다. 나이 든 부부다. 우리보다 일찍 와 식당에서 기다리던 사람들이 자기네부터 식사를 주지 않는다고 항의한다. 예약하지 않아서라고 하자 실랑이가 벌어졌다. 미리 와 기다린 사람과 예약하고 시간 맞추어 온 사람과 어느 쪽이 우선일까? 이제 우리도 예약 문화로 바뀌는 분위기다.
 새벽부터 서둘러 온 산악회 팀이 우리와 같이 배를 탔다. 쾌속정에는 이미 여수에서 타고 온 단체팀이 있다. 우리보다 더 부지런히 온 팀이다. 산악회 꼬리표를 달고 있다. 대부분 50대에서 60대

다. 배는 몇 개의 섬에 사람을 태우고 내려주면서 1시간 30분을 달려 거문도에 도착했다. 남해안은 모래를 뿌려놓은 듯 섬들이 퍼져 있다. 무인도도 많다. 사람이 사는 섬에는 살아갈 이유와 먹을거리가 있어야 한다. 주민들도 차츰 섬을 떠나고 나이 들어가 무인도가 되어가는 추세다. 거문도는 큰 섬은 아니다. 그래도 근처에 백도가 있어 관광지로 알려져 주민들의 삶이 나은 편이다.

2. 남해의 해금강, 전설만 남은 백도

거문(巨文)도라는 이름은 학문이 뛰어난 사람이 많은 곳이라 한다. 섬사람치고 문장가들이 많았던 모양이다. 거문도는 수난사도 많다. 고흥군에서 통영으로 여수시에서 여천군으로, 지금은 여수시에 속한다. 중간쯤에 있어 힘이 센 쪽이 끌어당기지 않았나 싶다. 육지에서 멀리 떨어져 있다 보니 외세의 입김도 세게 받았다. 한때는 영국이 불법 점령해 해밀턴항구라고 불렀다. 영국은 세계

170여 개국을 침략했다. 그중에는 우리나라도 포함된다. 내가 영국 신사는 신사가 아니라고 주장하는 이유다. 거문도는 일본에 가까워 더 많은 수탈을 당했을 것이다. 섬은 사방이 바다라서 교통수단이 배다. 거문도가 큰 섬도 아닌데 세 곳으로 나누어져 있다. 동도, 서도, 고도다. 고도는 거문도 중간에 있어 중심이 된다. 양쪽 섬을 배로 움직인다. 고도는 면적이 제일 작지만, 상권이 제일 좋은 곳이다.

　도착하자마자 점심을 먹고 식당 앞에 짐을 쌓아 놓았다. 백도 가는 유람선을 타야 해서다. 이곳에 온 목적이 백도를 보기 위해서다. 백도를 가려면 40분 정도 유람선을 탄다. 거문도에서 28km다. 다행히 날씨가 좋았다. 그동안 날씨 관계로 몇 년을 별러 온 기회다. 다른 바다는 바람이 없는데 백도는 파도가 높다. 선장이 마이크를 잡고 백도에 대한 전설과 사연을 설명한다. 섬 봉우리가 백에서 하나가 모자라 백도라고 했단다.

섬이 멀리서 보면 흰색이라 백도라고 했다고도 한다. 이곳도 전설이 있다. 옥황상제 아들이 못된 짓을 해 벌을 주려고 백도로 추방했다. 옥황상제 아들은 용왕님의 딸과 눈이 맞아 연애질하다 돌아가지 않았다. 아들을 데려오라고 99명의 신선을 보냈는데 백도가 너무 아름다워 신선들도 돌아가지 않았다. 이에 옥황상제가 화가 나 신선들을 돌로 변하게 했다고 한다. 믿거나 말거나의 전설이다. 신선이 돌로 변한 형상이 백도를 이루고 있다고 한다. 전설만큼이나 섬은 아름답다. 웅장하고 조밀하고 기기묘묘한 형상들은 다른 곳에서 볼 수 없는 장관이다.

상백도, 하백도, 수리섬 등. 여러 크고 작은 섬이 망망대해에 떠 있는 느낌이다. 우리나라에서 제일 먼저 태풍을 맞이하는 섬이다. 그래서인지 나무가 많지 않다. 백도는 사람이 들어갈 수 없다. 배가 섬 주변을 한 바퀴 돈다. 인간의 때가 묻지 않은 자연 그대로다. 다양한 식물과 희귀한 동물과 새들이 살고 있다. 남해의 해금강이다. 여러 형상이 보는 이를 흥미롭게 한다. 남근상, 부처상, 곰 형

상 등등. 무인 등대는 일제 강점기에 일본인이 만들었는데 지금도
잘 돌아간다.

3. 어부에게 도움을 준 인어상

백도에서 돌아와 숙소를 정했다. 모텔과 민박뿐이다. 일행은 민
박에서 하루를 보낸다. 인천에서 혼자 왔다는 30대 아가씨와 한방
을 쓰게 되었다. 다행히 올 때 내 옆에 앉았던 여자다. 숙소에 짐을
풀고 녹산 등대가 있는 서도에 갔다. 산 트레킹을 하기 위해 배를
탔다. 가까운 거리지만 버스가 없으니, 배로 이동한다. 곳곳에 쑥
농사를 짓는다. 쑥 체험장도 있다. 해풍을 맞고 자라는 쑥이 약효
가 좋다고 한다. 다른 농사에 비해 수익성이 좋은가 보다. 등대는
산 정상에 있다. 올라가는 길 양옆에는 산을 빙 돌아 푸른 바다다.
물색이 잉크를 풀어 놓은 듯하다. 바다를 가르는 배는 멀리서 보니
그림이다.

밤잠을 설치고 배를 타고 백도까지 다녀온 후의 장시간 트레킹
은 힘들다. 젊은이들도 헉헉거린다. 그들에게 민폐 되지 않으려 힘

든 내색은 안 했지만 역시 힘들다. 몇 번인가 포기하고 싶었지만, 스스로에게 용납이 안 된다. 험한 산은 아닌데 다리가 떨어지지 않는다. 포기한 일행도 있다. 그러나 오길 잘했다. 주변 경관이 마음을 펴게 한다. 작은 꽃들이며 풀을 먹고 있는 염소가 메엠메엠 한다. 가다 보니 쉬어가라고 전망 좋은 곳에 관백정도 있다. 관백정에서 보니 거문도 마을이 해안으로 늘어져 있는 모습과 항구에 묶여있는 배와 바다를 가르는 배가 한눈에 들어온다. 그림 같다. 등산로는 누구나 오르기 쉽게 손잡이도 잘 되어 있다. 우거진 풀을 제거한 것을 보니 관광객을 맞이하느라 나름 준비한 게 보인다. 조금 더 가니 인어 해양공원이 있다. 인어를 조각해 놓은 곳이다. '신지끼'라는 인어는 어부들에게 날씨가 좋지 않거나 위험이 있을 때 알려주는 고마운 인어라고 한다. 머리가 길고 초승달을 타고 있는 예쁜 모습으로 보아 이곳 사람들에게 사랑받았던 것 같다. 인어들은 왜 모두 머리가 길까? 초승달과 같이 조각해 놓은 것을 보니 달빛에 긴 머리의 인어가 환상적으로 예뻐 보였던가 보다.

녹산 등대는 서도에 있는 가장 큰 무인 등대다. 주변에 등대가

많다. 여기가 정상이다. 숨을 크게 쉬고 등대에 올라 거문도를 내려다본다. 내려오는 길은 수월하다. 가로질러 오는 다른 길이 있었다. 굳이 힘든 길로 안내한 것은 그곳의 경관이 더 좋기 때문인가 보다. 100년이 되었다는 기념비가 서 있는 초등학교가 올해 폐교되었다는 안내문이 가슴 아프다. 100년의 역사와 전통이 그대로 묻혀가는 모습이다. 시골 어디 가나 비슷하지만 섬은 더 하리라. 두 시간 넘는 등산길을 다녀오길 잘했다. 저녁을 먹고 나니 피로가 급습해 온다.

4. 등대라는 이름의 밴드 공연

　밤이 되자 요란한 밴드 소리가 난다. 식당 아주머니가 오늘은 관광객이 많이 와서 환영하는 공연을 한다고 구경 가란다. 피곤하지만 섬에서의 공연은 어떤지 구경 갔다. 40대쯤 보이는 남자 주민들이다. 넷이 등대라는 밴드를 만들어 관광하러 오는 사람들을 위해 공연한다. 라이브 노래 실력은 주민이라고 하기에는 프로다. 팁을 아낌없이 주는 팀은 주로 산악회 회원들이다. 빠른 음악이 나오자, 엉덩이를 들썩이더니 남자 몇 명이 앞에 나와 춤을 추기 시작한다. 낯선 풍경이다. 아줌마부대가 아닌 아저씨부대가 춤을 추고 여자들은 손뼉을 친다. 남자들이 많이 변했다. 차츰 흥이 돋으니 전 산악회 회원들이 나온다. 그야말로 춤판이다. 밤새도록 놀 기세다. 9시 30분이 되니 음악을 껐다. 이제 막 흥이 오른 관광객들의 항의가 많았지만, 주민들과의 약속이라며 밴드는 철수했다.

　일요일 아침이다. 미사를 드리려고 수소문하고 인터넷을 뒤져보니 근처에 성당이 있다. 잘 되었다 싶어 새벽 미사를 가려고 아침 다섯 시에 일어났다. 물어물어 찾아간 곳은 건물을 새로 짓고 이사 온 아담한 공소다. 신자들이 많지 않아 신부님이 일요일에만 오셔서 미사를 드리는 곳이다. 10시 미사다. 바다를 향해 두 팔을 벌리고 서 있는 예수님과 성모상 앞에서 기도했다. 별이 총총히 떠 있는 하늘을 오랜만에 보았다. 바다 위로 떠오르는 태양을 한동안 쳐다보았다. 벅차오르는 감동이다. 오늘 하루도 뜨겁게 감사하며 지낼 것 같다.

출발하는 날 아침이다. 동백나무가 우거진 섬을 배로 이동한다. 동백으로 이루어진 터널 같은 산길은 아름답다. 호젓하다. 바다가 조약돌 같은 섬을 안고 있다. 동백이 필 즈음 다시 한번 오고 싶다.

동백은 눈이 다 녹지 않을 때 피는 꽃이다. 벌 나비들이 나오기도 전이다. 동백은 씨앗을 퍼뜨릴 방법을 따로 찾았다. 동박새가 수정시킨다. 모든 생명은 자기 종족을 멸종하지 않게 하는 방법을 가지고 있다.

높은 등대는 바다를 동화처
럼 돋보이게 한다.

　예쁜 사택도 1박 2일 방
송 프로에 나와 더 유명하
다. 모든 풍광이 잘 조화되
어 그대로 작품이다. 섬 여
행은 날씨가 좌우한다. 제
주도, 울릉도, 백령도에 갔
다가 제날짜에 돌아오지 못
한 경험을 하나쯤은 가지고 있다. 날씨가 좋아 다행이다.

5. 영국해군의 묘지-아픈 우리의 역사

　배 시간에 맞추어서 모이라고 한다. 시간이 조금 여유가 있다.
나와 룸메이트 친구는 여유 시간을 그냥 보낼 수 없어 영국군 묘지
를 찾아가 보기로 했다.

무척 피곤한 일정이다. 젊어서 노세~ 노랫말이 실감 난다. 의욕은 넘치는데 몸이 따라주지 않아 더 피곤하다. 다른 사람들은 쉬겠다고 하는데 룸메이트와 남은 40분 안에 영국군묘지를 향해 헉헉거리며 걸었다. 골목길을 지나 산에 올라가는 길은 시간에 쫓기니더 힘들다.

거문도 역사공원이라는 명칭이 왠지 거슬린다. 우리의 아픈 역사이고 결코 자랑스러운 건 아니기 때문이다. 묘지는 새로 단장한지 얼마 되지 않았다. 묘지에서 바다가 탁 트여 보인다. 명당자리다. 영국군은 거문도를 해밀턴항이라 불렀다. 여기에 주둔하던 해군 장교 이름이다. 이곳 묘지의 주인이기도 하다.

왜 영국해군이 지구의 반을 돌아 조선 땅도 아니고 작은 섬 거문도를 점령했을까? 1885년 시대나 지금이나 약자인 우리로서는 처지가 비슷하다. 고종 왕이 조선을 대외에 과대 포장하려고 황제로 명명했다. 그러나 주변 어느 나라도 조선을 황제의 나라로 인정해 주지 않았다. 당시 강대국은 자기들의 세력을 확장하려고 기 싸움하고 있었다. 덩치 큰 청나라, 청과 러시아를 넘보고 조선을 밟고 가려는 신생국 일본, 유럽으로 세력 확장이 어려워져 아시아로 세력을 넓히려는 러시아, 이런 러시아를 막으려는 해가 지지 않는다는 대영제국 영국. 조선을 놓고 땅따먹기하려는 강대국의 속셈은 우리의 속셈과는 상관없이 무력으로 우리나라를 넘본다. 영국은 점령하기 전부터 거문도를 답사하고 사전 준비한다. 거문도는 일본과 러시아의 함대가 지나가는 군사요충지다. 영국은 러시아의 극동함대를 저지하기 위해 힘이 없는 조선의 섬을 밀고 들어와 자

기네 기지를 세운다. 2년 넘게 진을 치고 있었다. 영국군이 자진해 물러간 것은 더 이상 머물 필요가 없어서다. 러시아가 아시아 쪽에 신경을 쓰지 않게 되었기 때문이다. 영국이 걱정했던 일, 자기네 식민지를 건드리는 일이 없어졌기에 스스로 철수한 것이다. 지금도 영국대사관에서 해군 묘지를 관리한다.

지금 우리나라가 처한 상황과 어쩌면 이렇게 똑같을까? 미국, 중국, 일본, 러시아 4대 강국에 끼어있어 강대국의 눈치를 보지 않을 수 없는 우리나라 처지가 가엾다. 내 맘대로 어느 것 하나 결정할 수 없는 난처한 상황, 강한 것끼리 부딪치면 서로가 깨진다는 것을 강대국은 잘 알고 있다. 우리가 윤활유 역할을 잘하면 된다. 강대국을 우리 쪽에 유리하게 이용할 수도 있다. 고도의 외교 기술이 필요한 지금이다.

배를 타고 거문도에 들어갈 때보다 나올 때 30분 정도 빠르다. 바람을 등져서다. 다녀본 섬 중에 고흥은 제일 깨끗하고 잘 사는 섬이다. 풍광도 아름답고 삼면이 바다라서 풍요롭다. 벼르고 별렀던 이번 여행은 어려운 숙제를 푼 느낌이다. 그러나 무박 3일은 피곤하다.

9 자세히 보면 더 매력 있는 시흥

1. 시흥의 허파 -소래산

소래산은 시흥을 대표하는 산이다. 소래산에 오르는 길은 여러 코스가 있다. 시흥 쪽에서는 산림욕장에서 가는 길과 내원사와 계란마을 길이 있다. 부천 성주산을 타고 오는 길과 인천공원 쪽에서 오는 길도 있다. 평소에는 내원사 쪽으로 가다 중간 샛길로 빠져 인천대공원으로 연결되는 산책길을 즐겨 간다. 이번에는 오랜만에 산림욕장 정문으로 올라 정상을 찍고 오기로 했다.

옛 가스공사 자리를 시흥시에서 매입해 사용처를 고민하다 시흥 ABC 행복 학습단지라는 이름으로 운영하고 있다. 예술(Art), 생명(Bio), 문화(Culture)의 영어 앞 글자를 딴 현대식 이름이다. 그곳을 지날 때마다 산을 가리는 높은 아파트가 눈에 거슬린다. 더욱이나 재개발로 주변 모두가 고층아파트로 세워져 더 답답하다. 멀리서도 보이던 소래산의 아름다운 풍광이 아파트에 가려 보이지 않는다. 극동건설 연수원이던 건물은 재벌들의 흥망성쇠로 여러 번

이름이 바뀌었다. 주변엔 음식점과 고급 카페 촌이 있다. 아담하고 정겨운 소전미술관은 몇 번의 변신으로 수익을 내는 쪽으로 바뀌어 가고 있다.

소래산 올라가는 입구부터 발 지압 길이 있다. 건강을 위해 산에 온다면서도 정작 지압 길을 걷는 사람은 많지 않다. 신발을 벗고 지압 돌 위를 걸으니 아프기도 하지만 시원하다. 소래산(蘇萊山)이라는 이름은 여러 설이 있다. 신라가 3국 통일할 때 백제를 무너뜨리기 위해 당나라와 연합군을 형성했다. 그때 당나라 장수 소정방이 이 산에 머물렀다고 하여 유래된 이름이라는 게 가장 타당한 설이다.

1992년에 시에서 산림욕장으로 지정한 이후 꾸준한 관리로 잘 정리되었다. 곳곳에 시민 건강을 위한 체육시설도 잘되어 있다. 예쁜 정자에 시민들이 도시락을 싸 와 오순도순 얘기도 나누고 쉬어

간다. 그런가 하면 몰지각한 시민은 아예 터를 잡고 고스톱을 친다. 하와이 와이키키 해변에서도 고스톱을 치는 한국인이다.

야생화 단지에 철쭉이 자리 잡고 있다. 내년에는 철쭉이 필 때 꼭 와봐야지. 장관일 것 같다. 청룡 약수터는 물이 말라 한 방울씩 떨어진다. 산속까지 오염되어 식수 불가다. 병풍바위 암벽에 마애보살입상이 붓으로 그린 것처럼 선각 되어 있다. 고려 초기 작품이다. 시에서 보물 1324호로 지정하자 천 년 동안 방치해놨던 장소에 불단을 세우고 목탁을 두드리며 염불하는 중이 상주했었다. 지나가는 사람들이 불전함에 헌금도 했다. 염치없는 행위다. 시에서 설치물을 철거하고 정화하는데 골치 아팠을 거라는 후문이다. 마애보살입상은 다른 보살상과는 사뭇 다른 모습이다. 부처상은 남자의 얼굴, 보살상은 여자의 얼굴 모습인데 넝쿨무늬의 원통형 모자에 갓끈이 옆으로 날리는 모습이 특이하다. 여자인지 남자인지 구별하기 어렵다.

정상은 299.4m다. 소래산을 300m로 만들자는 운동도 있었다. 등산객들이 배낭에 흙을 지고 올라가 정상에 부으면 언젠가는 그렇게 될 거라는 말이지만 굳이 그럴 필요가 있을까. 흐지부지 끝난

이벤트다.

　근처에 군부대가 있어 여기저기에 군인들의 훈련 장소가 있다. 때로는 사격훈련으로 소리가 요란하다. 정설인지는 모르지만, 박정희 대통령을 시해한 김재규를 여기서 총살했다는 소문이 나돌았다. 한때는 여기가 사형장이었다느니 하는 흉흉한 소문이 떠돌았다. 아마도 군부대가 있기 때문인 것 같다.

　소래산 전체가 시흥시 것인 줄 알았다. 정상에 서면 인천시 남동구의 전면도가 걸려있다. 해 뜨는 동쪽은 시흥시고 해 지는 서쪽은 인천시다. 곳곳에 돌탑이 있다. 우리 민족은 돌만 있으면 탑을 쌓고 기도하는 민족이다. 헬기 비상 착륙장은 한때 행글라이더 동호회가 사용하기도 했다. 지금은 안전상의 이유로 다른 곳으로 갔다.

　인간이 자연을 인간 위주로 편리하게 자르고 만들려고 하기에 재앙을 일으킨다. 자연은 스스로 정화하고, 스스로 재생하고, 스스로 존재한다. 인간의 교만이 세상을 파괴하면서 죄책감도 없이 우월감을 가진다. 인간은 인간다울 때 아름답고 자연은 자연다울 때 아름답다.

2. 살아 움직이는 시흥갯골생태공원

　갯골생태공원은 150만 평의 폐염전 부지에 깊숙한 내만 갯벌로 형성된 습지에 자리 잡고 있다. 2009년에서 2014년까지 조성된 공원은 455,700평이다. 옥에 티라고 하면 바로 옆에 성담에서 운

영하는 골프장이다. 시민단체나 의식 있는 시흥 사람들이 반대운
동을 했지만, 역부족이었다. 그쪽 힘이 막강했는지 법적인 하자가
없다며 허가 난 골프장엔 이른 아침부터 차가 가득하다. 나도 반대
측에 섰기에 입을 삐쭉거렸다.

입구에는 '시간의 언덕'이 있다. 시흥 100년 기념사업으로 2014
년에 2,114점의 소장품을 묻은 장소다. 100년 후에 개봉될 것이
라 한다. 지금의 1년은 옛날의 100년보다 빠르게 변화하는데 100
년 후에 개봉된 물건을 보는 후손들의 생각과 느낌은 어떨까? 지
금의 우리를 원시인 보듯 할지도 모른다. 흥해라 시흥! 명패는 여
기에 각 종류의 소장품을 넣은 사람의 이름이다.

갈대가 흔들리는 습지는 그 자체로도 장관이다. 바닷물이 빠져
나간 갯골은 근교에서 보기 드문 천혜의 자연 모습이다. 아카시아

가 줄 서 있는 산책길을 걸으며 내년에 꽃 필 때 꼭 와보고 싶다. 꽃과 향기에 취해보면 일 년 동안은 몸과 마음에서 아카시아 향이 배어 나올 것 같다.

물이 빠진 갯골을 집중해 바라본다.

여러 종류의 게가 집에서 나와 한가로이 쉬고 있다. 갯골 색과 비슷한 망둥이가 팔딱팔딱 뛰는 모습은 꼭 천방지축으로 뛰는 4살짜리 어린애 같다. 등에 나 있는 지느러미가 기분에 따라 펴졌다 접혔다 하는 모습을 처음 보았다. 생명들이 사는 모습을 지켜보는 것도 재미있다. 농게는 호신용 집게발을 큰 것 하나만 가지고 있다. 몸보다 발이 크다. 몸의 균형을 잡아야 해서 안쪽으로 접혀 있다. 다른 게가 자기 집을 탐내어 찝쩍거리면 큰 다리 하나로 싸운다. 우리가 흔히 시장에서 사 먹는 게는 몸이 균형 잡혀 있지만, 농게는 긴 앞발로 서로를 밀어내며 싸운다. 대체로 집주인이 이긴다. 남의 집을 탐내는 게는 다른 집으로 가 자기 집을 지키고 있는 게와 또 싸움질이다. 게의 세계도 경우 없이 염치없는 게가 있나 보다. 방게는 무기로 사용하는 발이 앞에 두 개 달렸다. 쇠로 만들어 붙인 것처럼 단단해 보인다. 다리가 몸집에 비해 작아 더 야무져 보인다. 두발과 몸으로 상대를 밀어낸다. 게의 놀이인가? 싸움인가? 훈련인가? 궁금하다. 게는 옆으로만 간다고 알고 있지만 이 편견을 깨는 게가 있다. 밤게다. 밤같이 생겨 붙여진 이름이다. 필요에 따라 앞으로도 뒤로도 가는 전천후 게다. 앞다리가 짧아 앞으로 갈 때는 집게발을 쳐들고 가는 것이 재미있다.

모든 생물은 살아가는 방법을 하나씩 가지고 있다. 멸종되지 않고 살아남아 종족을 번식하라는 조물주의 배려다. 부지런히 싸돌아다니는 것들은 모두 새끼다. 사람이나 게나 망둥이나 새끼들은 호기심이 많다.

일곱 번이나 색이 변하는 염생식물 칠면초가 물들어 간다. 빨갛게 물들면 붉은 페인트를 뿌려놓은 것 같다. 퉁퉁마디라 부르는 함초는 눈에 띄지 않는다. 약용으로 남획이 심해서다. 채취하면 벌금을 문다는 경고문도 붙어 있지만, 훔치려는 자에게는 의미 없는 문구다. 그러나 약효는 함초보다 칠면초가 더 좋다는 것을 아는 사람

은 많지 않다.

부지런한 부부가 산책 나왔다. 나란히 그네를 타는 게 부러워 나
도 옆에서 흔들리는 그네를 탔다. 갈매기가 먹이 찾아 갯골을 헤집
는다.

아저씨 주머니에서 흘러나오는 흥남 부두 노랫소리가 청승맞게
들려 일어나 걸었다. 흔들리는 6층 전망대에 오르면 시흥의 넓은
습지와 갯골의 물줄기를 볼 수 있다. 이곳에 이런 전망대를 꼭 만
들 필요가 있을까. 자연은 구조물이 적을 때 자연으로 평화로워 보
인다.

골프장을 지으면서 오랫동안 보존해 왔던 시흥의 유적인 소금
창고를 부숴버렸다. 시민들이 반대하니 밤에 밀어버렸다. 거센 항
의에 옆에다 비슷하게 복원해 놓긴 했는데 왠지 친근감이 없다.

갯골 축제를 준비하느라 염전을 청소하고 있는 인부들이 소금물
을 채우고 있다. 소금은 팔지 않고 축제 때 체험학습으로 쓰인다.

시흥은 좋은 자연환경과 주변에 대도시를 끼고 있어 지리적 여
건이 좋다. 어디서든 고속도로와 연결이 잘 되어 있다. 전철도 여

러 노선이 있다. 이런 좋은 여건에서 왜 순천만처럼 성공적인 갯골 축제를 치르지 못하는지 아쉽다. 그래도 친환경 축제로 선정되었다니 다행이다.

순천정원박람회 때 담당자와 인터뷰 한 일이 있다. 순천시는 축제를 준비하기 위해 공무원들이 몇 년 전부터 필요한 자격증을 땄다. 직접 현장에서 전문가가 되어 노무자처럼 일했다고 한다. 비용을 줄이기 위해 간벌(間伐)하는 나무를 옮겨왔다. 옮겨온 나무 지지대를 미관상 땅속에 묻는 방법을 연구했다. 비용을 줄이기 위해 밤낮으로 뛰었다고 한다. 공무원들은 대부분 순천이 고향이라서 애향심을 가지고 열심히 일한 것이다. 순천의 성공이 본인의 성공으로 받아들이고 있다는 게 감동이다. 질투 나게 부러웠다. 여러 번 순천에 갔다. 축제는 아니지만, 관람자들이 줄 서 있다. 입장료를 받고 운영하고 있다. 시간이 지날수록, 꽃과 나무들이 자리 잡

아 갈수록 돈을 벌어들이는 구조다. 얄밉도록 실속 있는 행정이다. 자연환경을 이용한 순천시의 수익 창출이 부러웠다. 길에 피어있는 해당화 향기에 취한다. 갯골생태공원이 세계

적인 친환경 관광지가 되는 꿈을 꾸어본다.

3. 연꽃테마파크 발상지 -관곡지

하중동 뒷길에 자리 잡은 관곡지를 처음 봤을 때는 35년 전이다. 허물어 가는 담벼락 안에 작은 연못이 있었다. 연못 가운데에 소나무가 비스듬히 누워있고 영양실조 걸린 연(蓮)이 겨우 살아내고 있었다. 지금은 대궐 같은 기와집에 관곡지도 단장되어 깔끔하게 보존되고 있다. 문화적인 인식이 높아지면서 지자체마다 관광에 열을 높이면서다.

향토 유적지 제8호인 관곡지는 농업 학자이며 문인인 지역 출신 강희맹 선생이 명나라에 사신으로 갔을 때 새로운 품종인 전당홍이라는 연꽃을 들여와 이곳에 심었다. 나라에서 이 연꽃을 관리하기 위해 사람을 고용했다고 하니 귀한 연꽃이긴 했나 보다. 이 근방은 강희맹 선생 땅이 대부분인데 관곡지 주인이 안동 권씨 화천군 파 문중이라는 안내판이

궁금했다. 강희맹 선생이 시집간 딸에게 유산으로 주었는데 상속받은 사위가 권만형이다. 조선시대는 여자나 딸에게는 야박할 정도로 출가외인이라고 냉대했다고 하는데 실은 그게 아니었다고 한다. 고려시대는 아들딸 동등하게 대우했다. 그 영향으로 조선 초기는 시집을 가는 게 아니고 장가를 와 데릴사위가 되어야 했다. 유교를 숭상하면서 상황이 바뀌었다. 사회 발전도 어두워졌다. 이런 사연으로 관곡지가 권씨 문중이 되어 지금은 권씨 문중에서 관리하고 있다.

관곡지 주변에 시흥시에서 연꽃테마파크를 만들었다. 연꽃테마파크는 시흥시에서 중점적으로 관리하고 신경 쓴다. 생명농업기술센터가 이전되어 왔다. 아래층에는 연을 주제로 한 연제품을 판다. 이곳에 오면 습관처럼 연 아이스크림을 사 먹는다. 달지도 않고 연

잎의 향이 좋아서다. 여러 가지 연제품도 가격 대비 품질이 괜찮
다. 연 막걸리도 인기다. 연다정 카페는 실버 일자리 창출로 어르
신들이 커피나 팥빙수를 판다. 분위기도 좋고 가격도 착하다. 옆에
있는 전시장엔 사진, 그림 등 시흥 작가의 작품을 전시한다. 관람
은 무료다.

　연꽃은 7~8월이 절정이다. 그때를 대비하여 주변의 야생화 단
지와 꽃들을 가꾸느라 뙤약볕에 아주머니들이 풀을 뽑고 있다. 남
의 눈에 예쁘게 보여준다는 것은 얼마나 큰 수고로움을 겪어야 하
는지. 심은 꽃보다 심지 않은 잡초는 너무도 열심히 자란다는 것을
흙을 만져본 사람은 안다. 수련을 보려고 아침 일찍 이곳을 찾는
다. 연은 씨에서부터 뿌리까지 버릴 게 없다. 탐스럽게 핀 꽃이 예
쁘기도 하고 교훈적이다. 큰 꽃보다 작은 꽃이 귀엽고 예쁘다. 다

른 데서 볼 수 없는 수련이 각각의 모양과 색깔로 피어있다. 하나 하나 보면서 느끼는 즐거움이 크다. 수련의 예쁜 모습을 보려면 아침 7~8시쯤에 봐야 한다. 막 꽃망울 터지는 모습이 열여덟 소녀다.

그중 가장 인기 있는 수련은 빅토리아다. 여왕의 왕관 같은 빅토리아 꽃이 필 때면 전국에 있는 사진작가들이 며칠씩 밤샘한다. 가장 아름다운 순간을 찍기 위해서다. 아프리카에서 처음 이 수련을 발견한 장교가 영국 여왕한테 바쳤다. 이름이 무엇이냐고 묻자, 빅토리아라고 대답해 빅토리아가 되었다. 아부도 이 정도는 애교다. 빅토리아 여왕은 영국 전성기를 이끌었다. 빅토리아 수련은 꽃이 필 때보다 질 때가 절정이다. 하얀색으로 피어 빨간색으로 진다.

내 삶도 필 때보다 질 때가 더 아름답기를 소망해 본다.

4. 지는 해가 아름다운 옥구공원

서해를 끼고 있는 옥구공원은 높이가 95m다.

산처럼 보이지만 공원으로 불리는 게 맞다. I.M.F 때 어려운 사
람들의 생계에 도움을 주고자 공공근로사업으로 조성한 공원이
다. 당시 시도했던 많은 사업 중에 성공한 사례로 꼽히는 대표적
인 상징이다. 계단을 딛고 올라가니 뻐꾸기 소리가 유난스럽다.
뻐꾸기는 다른 새의 둥지에 제 알을 밀어 넣는다. 새끼가 알을
까고 나올 때 제일 먼저 엄마의 목소리를 듣게 해주려고 주변을
돌며 소리친다. 자기가 엄마임을 각인시키려 해서다. 이런 뻐꾸
기가 얄미워 뻐꾸기를 좋아하지 않는다. 키우기 힘들다며 자식
을 버린 후에 자식이 출세하거나 성공하면 내가 네 엄마라고 주
장하며 행세 부리는 악덕 엄마를 보는 듯하다. 옥구공원은 그렇

게 높지 않아 누구나 정상까지 오를 수 있다. 어린아이와 할머니
도 같이 올라온다. 정상에 있는 옥구정은 바닷바람이 어찌나 시
원한지 온몸이 시릴 정도다. 인천 송도, 시화공단, 배곧신도시,
정왕동 아파트단지, 안산공단과 시화호가 가까이 보인다. 시화공
단이 공해 문제로 한동안 시끄러웠다. 차로 다닐 때는 몰랐는데
산 위에서 보니 보였다. 공단과 아파트 사이에 공해를 걸러주는
완충 역할을 하는 넓은 숲이 가로놓여 있다. 서해에 빠져드는 해
의 모습이 가장 아름답게 보이는 곳은 옥구정이다. 내 노후의 삶
도 아름다운 석양빛이었으면 하고 기도한다. 오를 때보다 내려올
때가 더 힘들다.

이럴 때 떠오르는 자작시 한 편.

배낭에 꽃씨를

이지선

정상을 향해 걷는 이여
필히
배낭에 꽃씨 한 줌 넣어가렴
걷는 곳곳마다에
꽃씨 뿌려 놓으면
내려올 때
외롭지 않으리니

오를 때에 내려올 때를 준비하는 사람이 과연 몇이나 있을까? 오를 때 좋은 꽃씨를 뿌려 놓으면 내려올 때쯤 씨앗이 자라 꽃을 피워 쓸쓸하거나 외롭지 않을 터이다.

연못과 습지엔 폐수 정화작용이 뛰어나다는 부레옥잠이 가득하다. 옛 농기구들을 전시한 민속박물관은 예전이나 별다른 게 없다. 약초와 야생화는 풀 속에서 낑낑거리고 있다.

뒤돌아 내려오면 길옆에 송운 원성모 장군 순국비가 있다. 1569년에 태어나 1637년에 69세로 순절하였다. 병자호란 때 68세의 나이에 두 아들과 함께 봉수 산성에서 적을 방어하다 이곳 옥구도에서 69세로 아들과 삼부자가 전사했다. 그의 충절을 기려 송운초

등학교, 송운중학교, 송운마을을 제정했다. 시흥에서 길이 기억해
야 할 훌륭한 위인이다. 당시 69세는 참으로 연로하셨을 텐데 전
쟁터에서 싸우다 전사했다니 고개가 숙여진다.

옆에는 생금우물 약수터가 있다. 병에 남은 물을 버리고 약수를
받았다. 나무꾼이 이곳에 나무를 하러 오니 닭 한 마리가 앉아 있
었다. 집에 데려와 거두었다. 빠진 깃털이 금으로 변하는 게 아닌
가? 나무꾼은 살림을 늘려가면서도 근검절약하며 살았다. 어려운
마을 사람들과 나누며 같이 살았다. 연락도 없던 시집간 딸이 소문
을 듣고 찾아와 황금 닭을 훔쳐 갔다. 훔쳐 가는 중간에 보자기를
펴보니 황금 닭은 돌덩이로 변해 있었다. 순간 딸은 황금 닭의 주
인이 따로 있음을 깨닫고 친정으로 돌아왔으나 다시 황금 닭으로
는 변하지 않았다고 한다. 그 뒤로 가족뿐만 아니라 주변 이웃들에

게도 욕심내지 말고 분수에 맞게 살아야 한다는 교훈이 전해 오게 되었다고 한다. 이 이야기를 토대로 만든 생금 집은 죽율동에 있다. 생금 집에서 전통 체험학습과 전통공예 수업도 한다.

5. 볼수록 안타까운-월곶 포구

월곶 포구를 볼 때마다 안타깝다. 많은 능력을 갖추고 있는 사람이 자기 소질을 발휘하지 못하고 어슬렁거리다 늙어가는 모습을 보는 느낌이다. 철다리 하나만 건너면 인천 소래 포구다. 소래는 항상 만원이고 바글거린다. 월곶에 차를 주차하고 인천 소래 포구에서 생선을 사고 회를 먹는다. 물론 소래포구는 오래된 장터이고 노점상들은 사람을 꼬인다. 시흥시에서 월곶 포구를 살리기 위해 무던히도 애쓰고 있다. 그러나 갈수록 상권이 죽어가는 모습이다. 근본 원인이 무엇인지, 원인을 분석하여 대책을 세우고 있는지 안타깝다.

소래 포구와는 달리 월곶 포구는 둑으로 막혀 있어 모든 게 막힌 느낌이다. 월곶 역사(驛舍)는 주변에 비해 분수없이 커 보인다. 신도시를 겨냥해 미리 크게 지은 것일 거다. 월곶을 살리기 위한 문화 행사도 벌이곤 했는데 아직도 효과가 없다. 소래 포구보다 고급 횟집들이 즐비해 있다. 주말이면 손님을 부르는 호객행위가 대단하다. 횟집 이름 중에 유달리 전라도 이름과 전라도 고을 이름이 많다. 주인들이 모두 전라도 사람들인가? 아니면 전라도 음식이 맛있다고 소문이나 그 이름을 차용한 것일까? 전라도 거시기까지 간판에 올라와 있다 보니 참 거시기하다.

부둣가에 묶인 배들이 고기잡이를 잊은 듯 낡아간다. 물고기 대신 쓰레기와 배에 쓰이는 용품들로 가득하다. 요즈음은 근교에서는 고기가 잡히지 않아 수협공판장은 각종 집기류를 쌓아 놓는 창고로 쓰이고 있다. 어디에도 생기가 없어 보인다. 월곶 포구를 살리기 위해 국가에서 대대적인 지원을 하기로 했다니 다행이다.

6. 섬이 아니면서 섬이고 싶은 오이도

4호선 전철 종점은 오이도다. 도시 인근 사람들은 오이도가 섬이라는 착각을 하고 종점에 내리면 당황해한다. 오이도역에서 내려 오이도까지 가려면 교통이 좋지 않아 택시나 버스를 타야 한다. 가까운 거리도 아니다. 차라리 오이도 가는 역이라고 해야 했다. 역에서 내리자마자 시흥에 대한 이미지에 흠이 간다.

오이도 귀퉁이에 있는 작은 섬을 똥섬이라고 불렀다. 섬도 개명했는지 덕섬이라고 쓰여 있다. 왜 똥섬이라고 불렀는지 여러 추측을 했다. 섬 모양이 둥근 똥 모양인가? 인근 사람들이 똥을 버렸나? 새나 갈매기들이 그곳에 와 똥을 싸고 갔다고 해서 불린 이름이란다. 덕섬은 개인 소유인지 바다가 보이는 곳에 횟집을 운영하고 있었다. 언젠가 왔을 때는 차를 파는 카페도 있었는데 지금은 폐허 상태다.

오이도는 탁 트인 바다를 보러 인근 도시민들이 즐겨 찾는다. 빨간 등대가 오이도 상징으로 홍보되고 조가비 축제와 어촌 체험도 한다.

시화호가 옆에 있어 드나드는 사람도 많다. 칼국숫집이 많다. 이곳 조개나 바지락을 소비하기 위해서다. 들어가는 입구에 둥근 테두리 안에 하얀색의 나무조형물이 있다. 생명나무라는 이름이다.

썰물 때만 보이는 무인도 황새 바위는 모양에 걸맞게 이름을 잘 지었다. 황새의 긴 다리를 연상하게 하는 돌섬은 낙지, 농게, 망둥이가 많이 살고 있다. 둑에서 가까운 듯싶은데 막상 가려면 먼 곳이다. 선착장에는 소유하고 있는 배 이름을 붙인 포장 가게가 줄지어 있다. 주로 소라나 고동, 이상하게 생긴 개불을 판다. 갈매기는 주변에서 나오는 찌꺼기를 쪼아 먹느라 바다에 나갈 생각을 안 한다. 자기가 비둘긴 줄 착각하고 있다. 그래서인지 갈매기가 비만이다. 아래층 가게는 주로 활어를 판다. 회를 떠 이층에 올라가면 양념이라는 글씨가 총총히 쓰여 있다.

어촌 체험 마을을 운영하는데 조개 캐는 체험은 1인 1바구니(약 1kg)를 7천 원에서 만 원 정도에 할 수 있다. 여러 종류의 체험 가격이 다르다. 기구도 빌려준다. 빌려주는 장화를 거꾸로 나란히 꽂혀 있는 게 전시용 작품 같다.

생선을 날것으로 먹는 나라는 우리와 중국 일본이다. 일본은 살아있는 생선보다는 숙성된 회를 즐겨 먹는다. 그래서일까 유독 우리나라 해변은 지저분하다. 풍광이 좋은 곳은 어김없이 콘도나 별장이 있다. 바닷가에는 음식점과 횟집이 늘비하다. 집에서는 대충 먹으면서 여행지나 밖에 나가면 고기를 굽고, 생선을 뜨고, 먹고 남아서 버리고 와야만 여행을 잘했다고 생각한다. 그러다 보니 여행지마다 지저분하고 쓰레기로 몸살이다. 이제는 밖에서는 김밥 정도로 간단히 먹고, 집에서 잘 먹는 의식의 변화가 필요하다. 그게 아름다운 관광지와 자연을 살린다. 또한 후손을 위한 배려이기도 하다.

해변에 폐선인 해군함이 정박해 있다. 안에는 해군에서 사용하는 전시품과 오이도에 대한 시화 작품, 간단한 공예품, 어린이들의 체험 공간이 있다. 오이도 선사유적 공원은 선사시대에 이곳에서 살았던 흔적이 발굴되어 공원을 조성했다. 공원 안에는 선사시대의 집 모형과 생활 형태를 만들어 놓았다. 전시 공간도 있다. 탁 트인 바다가 보이는 카페는 조용하고 심플하다. 덜 다듬어진 공원은 산책하기 좋다. 공원 스피커에서 들리는 잔잔한 음악이 마음을 차분하게 한다. 오이도 선사유적박물관을 찾는데 한참을 헤맸다. 유적 공원 가까이에 있을 거라는 편견을 깨고 시화호 입구에 있다. 배 모양으로 지어진 박물관은 시흥에서 나온 선사시대의 유물과 인근에서 나온 유물을 정리해 놓았다. 어린이들이 체험학습 할 수 있게 했다. 아쉬운 점은 접근성이 떨어진다는 점이다. 대중교통을 이용하기가 불편하다.

7. 시흥의 계룡산-군자봉굿당

군자봉을 오르려고 입구를 찾았지만, 정식 표시 안내판을 찾지 못했다. 왔다 갔다 하다가 길가에 작은 푯말을 보았다. 군자봉 봉학사 굿당. 그곳으로 가면 군자 봉으로 오르는 길이 나오겠지, 하고 들어갔다. 오래전에 군자 봉에 대한 글을 쓸 일이 있어 간 기억은 이곳이 아니었던 것 같다. 그러나 호기심으로 걸어갔다. 안쪽으로 들어가니 굿당이라는 곳이 여러 군데 있다. 어렸을 때 기억이다. 마을에 좀 산다는 사람 집에서 병을 낫게 해달라는 청원이나, 일 년 재수 좋게 해달라고 빌거나, 돌아가신 분의 혼을 위해 비는 굿을 했다. 그런 굿은 동네잔치처럼 치렀다. 배고프던 사람들과 음식을 나누어 먹은 기억이 있지만, 굿을 전문으로 해주는 굿당이 이 근처에 이렇게 많이 있는 건 처음 알았다.

지금이 어느 시대인데…. 하는 안타까움이 들었다. 과학이 증명해 주지 않아 이런 방법으로 표현하는 것이다. 주변을 둘러보았다. 그래도 옛날 무당들은 착했다. 백설기를 해 백 사람에게 나누어주면 명이 길어진다고 한 것은 백 사람에게 먹을 것을 베풀라는 뜻이기도 했다. 지금은 어떤가? 무당이나, 목사나, 스님이나, 성직자가 옛 무당 같은 역할을 하고 있는가?

굿당의 분위기도 여러 가지다. 산 밑에 방이 모자라 하우스까지 넓혀서 여러 칸의 방을 만들었다. 그곳에 여러 종류 신의 형상을 차려놓았다.

바다를 주관하는 용궁의 해신, 산을 다스리는 산신, 모든 장군을 대표하는 관운장신, 부처도 신으로 모셔놓았다. 절이 아니라서 부처가 주인공이 아닌지 다른 신들의 모습과 같은 동급으로 진열되어 있다. 하느님 신은 없다. 수염이 긴 해신과 산신이 어찌나 인자하고 해맑게 웃고 있는지 나도 웃음이 나왔다. 장군 신은 장군답게 눈이 부리부리하고 입을 꽉 다물고 있어 위엄 있어 보인다.

용궁 신은 술을 좋아하는지 그 앞에 술병이 가득하다. 하기야 바다에 횟감이 많으니, 술맛이 나기도 하겠다. 산신 앞에는 과자봉지가 많이 놓여있다. 술 마시고 산에 가는 게 좋아 보이지 않는 모양이다. 오방색의 화려한 천들이 나무에 묶여있다. 귀엽고 예쁜 동자신들이 주변의 장식처럼 군데군데 놓여있다. 어느 방에는 굿 상차림이 상다리가 부러지게 차려있다.

신들의 방에 기도해 줘야 하는 사람의 이름표가 붙어있다. 굿당이 없는 무당이 굿을 요청받으면 이런 방을 빌린다. 굿을 하려고 하루 방을 빌리는데 70만 원에서 100만 원 한다니 엄청나게 비싼 사용료다. 원룸을 한 달 동안 써도 되는 가격이다.

간판에는 〈대한신불교 천우종〉이라고 쓰여 있다. 불교 종파도 아닌듯한데 그들 나름의 협회 같은 성격의 이름인가? 그렇다고 물어볼 수도 없어 되돌아 나와 영각사 쪽으로 들어갔다. 그곳의 입구에도 민속 1호라는 간판의 이름은 군자봉굿당이다. 이곳은 길옆에 있어 오가는 사람이 많아서인지 굿당 건물에 〈중고차. 신차. 폐차 매매〉이 플래카드가 대조적으로 보인다. 이곳은 규모가 좀 더 컸다. 건물에 방이 모자라 하우스 방도 지었다. 칸막이 방에는 굿 일정이 많은지 여러 개의 상이 차려있다. 잘생긴 총각 무당이 붉은색에 파란 여름 한복을 입은 게 참 화사해 보인다. 굿하는 모습을 구경하고 싶다고 정중하게 부탁했지만 정중하게 거절당했다.

8. 다양한 신들의 집성촌-군자봉

　시흥 시민을 부끄럽게 만들었던 사건. 시흥시장을 전국 방송에 오르내리게 했던 진원지의 한 곳인 영각사는 그 자리에 번듯하게 있다. 군자 추모 공원이라는 납골당의 설립 문제가 도화선이다.

　25년 전 여기에 큰 시누이를 안치하였다. 그때는 초창기라서 텅 비어있었다. 지금도 그때나 별반 다른 게 없다. 가진 것이라고는 고집 센 시부모와 아홉 명의 형제뿐인 시집 식구 뒷바라지하던 시누이는 62세에 췌장암으로 떠났다. 죽어서라도 자유롭게 지내고 싶다며 살아생전에 준비하고 가꾸던 선산에는 가지 않겠다고 유언했다. 그래서 영각사 납골당에 왔다. 웃고 있는 사진을 보면서

"혼자 있으니 홀가분해요?" 하고 물었다.

이곳에도 군자봉 안내판이 없어 산으로 난 작은 길에 들어서자 지친 모습의 안내판 얼굴에 올라가는 선이 그어져 있다. 정상이 198.4m이다. 오르는 길에 발판을 만들어 놓았다. 한참을 딛고 오르니 만남의 숲에 운동기구와 쉴 수 있는 자리가 있다. 여기쯤은 쉬어 가야 할 것 같다. 젊은 여자 일행은 김밥을 가지고 와 먹고 있는데 아침도 안 먹은 나는 갑자기 배가 고파졌다. 여기부터는 사람의 손이 가지 않은 돌 위를 걸어 올라가야 한다. 그리 험하지도, 높지도 멀지도 않아 걸을 만하다. 다니는 사람도 많지 않다.

정상에는 수백 년의 세월을 지나오며 사람들의 애환과 기도를 들었을 큰 느티나무가 우람하고 우아한 자태로 서 있다. 쓰러지지 않으려고 뿌리가 바위를 움켜잡고 있다. 잘생긴 근육질 남성 같다. 산 정상은 비바람으로 나무들이 없거나 돌만 쌓여 있는데 군자 봉은 군자다운 풍모를 느끼게 한다. 군자 봉 정상의 정식 이름은 〈군자성황사지〉이다. 음력 10월 3일에는 이곳에서 대대적인 안녕 굿을 관 주관으로 한다.

느티나무 주변에는 보호막으로 둘러있다. 앞에는 다용도로 쓸

수 있게 마루판을 깔아 놓았다. 향토 유적 14호로 지정된 이곳에
도 쓰레기는 있다.

"여기까지 와서 버리고 가는 손길에 재수 없어라."

내가 이렇게 말했으니 아마 그 손은 쓰레기를 버릴 때마다 재수
가 옴 붙을 것이다. 예전에 왔을 때는 없던 군자정이 지어있다. 군
자정에 앉아보긴 했지만, 산 정상에 이런 건축물을 짓는 것이 과연
자연을 잘 보존하는 일인지 생각해 본다.

군자 봉이 성황 사지가 된 전해오는 이야기가 있다. 신라의 마지
막 왕인 경순왕의 부인 안 씨의 친정이 이 주변에 있다. 전란으로
이곳에 와 있던 차 왕이 죽었다는 소식을 듣는다. 왕비는 군자봉
정상에 초막을 지어 3년 동안 남편의 명복을 빌었다. 마지막 날 꿈
에 경순왕이 나타나 소원을 들어주겠다고 한다. 아침에 일어나보

니 반신불수가 되어 불쌍히 여기던 몸종이 깨끗하게 나았다. 이 소문을 들은 주변 사람들이 군자 봉에 올라 성황당을 짓고 경순왕의 위패를 모시고 소원을 빌었다고 한다. 여기의 주신은 경순왕이다. 사람이 신이 된 것이다. 그래서 주변에 비는 굿당들이 모여 있나 보다.

9. 음식 타운으로 부상하는-물왕 호수

물왕 저수지를 처음 보는 순간 바다인가 착각했다. 그 느낌이 너무 좋아 노후에 흙과 살고 싶다는 꿈을 물왕동에서 펼치고 싶었다. 30대 후반에 가진 것 다 털고, 빚을 얻고, 패물까지 다 팔고, 집도 전세를 주고 밭을 샀다. 그 바람에 월급쟁이 남편은 중동에 나가 고생을 많이 했다.

홍부 저수지라는 애칭도 가지고 있는 저수지는 이승만 대통령이 자주 낚시했다는 일화도 있다. 아마 흥부라는 애칭이 붙은 건 이 저수지의 물이 근방에 있는 호조벌의 드넓은 논에 물을 대주어서다. 가뭄에도 농사를 지을 수 있게 해준 애칭이었을 것이다. 장마에는 물을 받아놓고 가뭄에는 물을 내주는 그야말로 시흥의 젖줄이다. 또한 시흥의 희망이기도 하다.

물왕 예술제는 이곳에서 시작되었다. 물왕 저수지를 잘 살리면 시흥의 명소가 될 수 있다. 인근 도시 사람들을 끌어들여 관광사업이 활성화될 것이다. 건의도 해 봤지만 달라진 건 없다. 고불고불한 저수지 길의 운치를 뭉개 버렸다. 도로를 직선으로 확장하면서 저수지를 토막 내어 아름다운 풍광을 죽여 버렸다. 저수지 크기도 확 줄었다. 주변에 아파트가 들어서면서 저수지에 하수 정화시설까지 하다 보니 예전의 모습이 아니다. 농지의 중요성이 없어져 이름도 저수지에서 호수로 바뀌었다. 예전의 포근한 느낌이 없고 달리는 차들로 불안하다.

90년대에 이곳이 라이브카페로 전국에서 3번째 안에 드는 곳이었다. 그때는 시간대별로 가수들의 이름이 쭉 적혀있었다. 그러나 지금은 차를 파는 카페로, 고급 음식점으로 전환되어 있다. 가수의 노래를 들으며 차 한 잔 마시려면 거금을 들여야 해서 쉽게 들어가지 못했다. 저수지에 반사되는 카페의 화려한 불빛을 구경하며 저수지를 한 바퀴 돌기만 했다. 차는 농장에서 마셨으니, 라이브카페가 망한 이유에 나도 한몫했나 보다.

낚시꾼들은 텐트치고, 가족끼리 오는 사람도 있다. 주변 음식점은 다양한 메뉴가 있어 연인, 불륜, 친구, 가족, 모임들로 항상 북적인다. 음식 타운이 생겼다. 특이하고 예쁘게 지은 집도 있다. 고풍스러운 옛집도 있다. 음식도 다양하다. 인근 도시민들이 몰려드는 곳이다. 호수는 넓어 걷기에는 무리다. 차로 돌다가 옆에 탄 하선생이

"선생님! 이런 곳에 왔으니, 우리도 근사하게 차 한 잔 마시고 가요. 내가 살게."

버섯같이 생긴 찻집에 차를 세웠다. 낮인데도 고급 승용차가 많다. 한가한 사람이 이렇게 많나? 커피숍은 젊은이들의 취향이라면 찻집은 어르신들의 취향이다. 이 찻집은 그 중간쯤인 중년의 취향이다. 손님도 모두 우리 또래다. 밥값보다 비싼 팥빙수를 시킨 하선생이 자기가 샀다는 걸 꼭 써달란다. 다른 친구들이 자기는 밥도 안 사는 구두쇠로 안다고 한다.

몇 년 사이에 저수지의 주변도 많이 변했다. 목감 단지가 조성되면서 인구 유입이 많아졌고 도로도 넓어졌다. 고급 음식점도 많이 늘어났는데 마음이 여유롭진 않다. 한가롭고 편안해 보였던 옛정서가 사라지는 느낌이다. 벚꽃이 필 때는 주변 어디든 천국이 부럽지 않다. 저수지 길과 연꽃테마파크 가는 길 39번 국도는 열흘 동안은 환상 속에 사는 몽롱한 상태를 체험하게 해 준다.

10. 사람 냄새나는 삼미시장

　시흥에 남은 유일한 재래시장은 도일시장과 삼미시장이다. 도일
시장은 오랜 전통으로 남아 있는 오일장이라 평일에는 조용하다.
삼미시장은 시흥시가 시로 승격되어 토지구획정리를 하면서 만든
시장이다. 우시장으로 유명했던 뱀내장터를 정리하면서 시장을 옮
겨 계획적으로 지은 곳이다. 뱀처럼 구불거리는 내 천이 흐른다고
해 뱀내장터라는 지명이다. 뱀 사(蛇)자를 써 사천장(蛇川場)이라고
도 했다. 소를 사고파는 장소로 유명했다.

　1989년에 시로 승격하면서 소래 읍사무소로 사용했던 곳에 시
청 업무를 보면서 활성화되었던 지역이, 시청사 이전으로 한동안

어려움에 빠졌다. 지금도 예전 같지 않은 지역 상권이다. 상권 활성화 노력으로 문화거리를 만들어 공연도 하고 사람을 끌어들이려 노력하지만, 문화가 없이 음식점과 술집뿐이라 노력에 비해 성과가 미미하다.

삼미시장은 그래도 사람들로 북적인다. 주로 안쪽은 비어있고 길 쪽으로만 사람들이 몰려다 보니 불균형적이다. 안쪽에는 물건을 싸게 판다. 음식점이나 포장마차도 있고 양도 푸짐하게 주고 맛있다고 소문난 순댓국집도 있다.

재래시장을 활성화하려고 시에서도 많은 투자를 하고 상인회도 노력한다. 대형 백화점과 할인점이 생기면서 상인들의 위기감을

해소하기 위해 무대가 있는 공연장을 만들었다. 봉사자들이 노래나 색소폰 공연도 자주 한다. 요즈음은 시장에 와서도 문화를 즐기는 시대다. 노랑 티에 빨강 바지를 입고 검정 선글라스에 흰 모자를 쓴 어르신은 뽕짝 노래를 크게 틀어놓고 혼자 흥에 겨워 몸 가는 데로 춤을 춘다.

　시장 풍경과 내용도 시대에 따라 달라져 간다. 예전에는 주로 중년 이상의 나이 든 사람들이 장사했다. 투실투실한 아주머니나 배가 볼록 나온 아저씨들이 펑퍼짐하게 하던 장사다. 이제는 젊은 총각이나 아가씨들이 들어와 세대교체를 하는 중이다. 젊은이들이 "열 개에 오천 원 싸요 싸요 빨리 와요"하고 경쟁하듯 여기저기서 떠들면 시장이 떠나가듯 들썩인다. 파는 종류도 달라져 간다. 요즈음은 여자들이 집에서 반찬을 만들고 살림하는 게 어려워졌다. 혼자 사는 사람들도 많아 재료를 사 가는 것 보다 만들어진 반찬을 사 가는 게 많다. 찌개나 국도 사 가다 보니 반찬가게가 늘고 만들어진 음식을 파는 곳이 많아졌다. 무, 배추, 나물 재료를 사 가는 사람들은 주로 중년 이상의 아줌마다. 떡이나 다양한 음식들이 시식용으로 나와 있어 시장을 한 바퀴 돌면 배가 부른다. 그래도 사람들이 줄 서 있는 곳은 간단하게 사 먹는 어묵이나 떡볶이 파는 곳이다. 10년이 넘도록 변하지 않은 풍경이 있다. 변하지 않는 게 아니라 조금씩 삭아가지만. 언제나 붙박이처럼 그 자리에 그 모습대로 앉아 있는 할머니. 건물 구석진 자리에 똑같은 모습으로 앉아

흰 자루에 여러 잡곡을 담아 지나가는 사람을 쳐다보는 할머니다. 전에는 더덕이나 도라지를 까기도 하던데 틀어진 손가락을 비비고 있는 걸 보니 일을 너무해 손이 고장 난 것 같다. 자세히 보니 얼굴이 90은 다 되어 보인다. 가슴이 저며 온다.